新推理要在晚餐後

東川篤哉

KEEPOUT
立入禁止
1
2
2/2

KEEP OUT
捜査
警視庁
KEEP OUT
立入禁止
警視庁国立署
POLICE
KEEP OUT
KEEP OUT
POLICE
KEEP OUT
POLICE
2
1/2

新推理要在晚餐後

裝畫　中村佑介
裝幀　高柳雅人

目次

第一話　風祭警部回歸

1

奧多摩高級飯店發生的離奇中毒命案。還以為會背上黑鍋的這個懸案順利偵破之後，寶生麗子的日常還是沒有任何變化。

任職於國立警署刑事課的她，是負責偵辦許多案件的資淺刑警。雖然大多是輕微的傷害或竊盜案，不過麗子在刑警室開朗大方，在案發現場活力充沛，在偵訊室則是以冷酷如冰的態度努力辦案。像這樣度過警察的充實時間，結束一天的勤務之後，她偷偷叫車過來接送（雖然這麼說，卻是全長七公尺又有專屬駕駛的高級加長型禮車，絕對不適合暗中行動），上車之後悠閒在國立市近郊兜風，最後以千金小姐的身分回到矗立在市內某處的寶生邸。以上就是她的每一天。

順帶一提，麗子的父親寶生清太郎，是從銀行、電機、鋼鐵、物流、服飾產業到印刷、出版，甚至連本格推理都廣泛涉獵的複合企業「寶生集團」總裁。他的獨生女麗子目前任職刑警大顯身手，是在國立警署之中也只有署長級高層知道的最高機密。

幸好麗子的真實身分至今未曾被職場同事發現。不知道是因為她身為刑警的言行舉止表現得十分自然，還是因為同事們的觀察能力低到不自然，總之麗子現在繼續順利在刑警課任職。

——不過，這樣的警察們沒問題嗎？神經是不是太大條了一點？

麗子自己內心某處也感到詫異，但總之她就這麼跨足兩個領域（她是千金小姐，想必穿著名牌高跟鞋或包鞋吧），巧妙切換現職刑警與財閥千金的身分，這就是寶生麗子的華麗日常。

就這麼迎接新年度到來的四月上旬星期六。麗子完成刑事課的工作，就這麼維持黑色褲裝的穿著，搭乘接送的加長型禮車踏上歸途。她在後座取下工作用的平光眼鏡，以輕鬆的心情眺望窗外。不過車流和平常相比不太順暢。大概是國立市引以為傲的能量景點「谷保天滿宮」正在舉辦夜晚賞櫻活動吧。不過櫻花季應該早就步入尾聲才對。

百思不解的麗子，向駕駛座開車的黑衣男性開口。

「影山，我看路上好像莫名塞車，發生了什麼事？該不會是這輛全長七公尺的加長型禮車妨礙到交通吧？哎，不過這輛車確實很容易擋到路啦……」

自己坐在車上卻說這種話？感覺她的發言會招來這根吐槽之箭。對此，駕駛兼管家的黑衣男性影山以沉穩的低音回答。

「大小姐，請您放百萬個心。這樣加長型禮車只是被困在車陣罷了。塞車的原因應該不是加長型禮車，恐怕是白天在南武線發生的平交道車禍。」

「啊啊，這麼說來……」聽他這麼說的麗子也理解了。

記得是在今天下午三點多的事。谷保站附近的平交道有卡車擦撞電車。幸好只有電車上的數名乘客輕傷，但是一個不小心好像就會成為重大意外。麗子也記得自己在國立警署聽過這個消息。

「不過，電車到晚上應該已經復駛了。因為要是電車就這麼停駛，南武線的車站幾乎都會成為『陸地孤島』，沿線居民都會成為『返家難民』。」

「請不要這樣，大小姐，不可以說南武線的壞話……」

「我……我沒說壞話吧！南武線對於沿線居民來說是無可取代的交通工具，這才是我想說的啦！」

「啊啊，原來是這個意思。」影山說完鬆了口氣。

那當然吧？我怎麼可能說南武線的壞話？但我幾乎沒在搭電車就是了——麗子暗自嘀咕。影山對這樣的麗子繼續說明。

「即使電車復駛，出事的交流道至今還是禁止通行吧。其他道路應該是受到影響才這麼塞。」

「是喔。那就沒辦法了。影山，麻煩在這裡掉頭。」

「大小姐，這是最不可能照做的命令。屬下辦不到。」

原來如此，聽他這麼說就覺得沒錯，前後都被車子塞得滿滿的，全長七公尺的大塊頭完全找不到空間轉向。「真是的……」麗子輕聲說完，將身子往後躺。「加長型禮車果然是很容易礙事的車子。」

「您自己坐在車上卻說這種話？」

駕駛座傳來這句酸溜溜的吐槽。影山指尖按在知性眼鏡邊框，似乎咧嘴露出笑容。從後照鏡看見這張表情的麗子，從後座探出身子想回嘴。就在這個時候，她愛用的手機突然在褲裝口袋發出不識趣的來電鈴聲。「哎呀，誰打來的？」

麗子暫時將抗議管家的話語放在一旁，取出手機抵在耳際。下一瞬間傳入耳中的是情緒異常亢奮的男性聲音。「嗨，寶生……（沙沙）……是我……（沙沙沙）……仔細聽我說……（沙沙沙沙）……準備好了吧？」

「咦，那個，喂喂喂？雜音有點大啊！」

訊號好像不太清晰，男性的聲音斷斷續續。麗子集中注意力要聆聽對方的聲音。男性毫不在乎，單方面說明用意。「……位於國立市富士見台的國枝芳郎先生住處……（沙沙）……發現離奇死亡的男性屍體……（沙沙沙）……麻煩立刻趕往現場……晚點我也……（沙沙沙沙～～沙沙沙）……」

之後就只是一直發出像是雨聲或海浪聲的沙沙雜音。無法忍受雜音的麗子結束通話，歪過腦袋注視自己的手機。「到底是怎樣？是在傾盆大雨的海邊打電話給我嗎？一直沙沙沙的……」

「請問對方是哪位？」

「咦？這麼說來，他是哪位？我沒聽到這個重點——呃，不提這個！」麗子收好手機之後立刻命令駕駛座的管家。「好像發生命案了，影山！麻煩開到富士見台。好了，快掉頭，掉頭！」

「不，屬下剛才就說了，這是不可能的事……」

後照鏡映出管家的為難表情。麗子在看見的下一秒做出決定。

「真是的，沒辦法了！」話還沒說完，麗子就主動打開後車門，在半邊身體離開車子的時候這麼說。「國枝家的宅邸，從這裡用走的就能到。我先走了。影山，這輛大塊頭麻煩你了，晚點聯絡。」

「遵命，大小姐。」

路上小心——難得展現關懷之意的管家聲音從身後傳來，麗子就這麼獨自下車。今晚應該不可能享用豪華晚餐了。她像是要斬斷內心的不捨，砰一聲稍微用力關上車門，然後重新戴上工作用的平光眼鏡，靠自己的雙腿走向國枝邸。

2

國枝邸周圍已經停了整排警車，警察們來來往往。麗子以輕盈身手跨過印著「KEEP OUT」的黃色封鎖線，從宅邸正門踏入腹地。

國枝家是在這附近家喻戶曉的名家（不過老實說比不上寶生家），是代理國外名牌服飾的「國枝物產」創業家。總公司大樓在新宿，不過宅邸位於國立市這裡。座落在高臺的國枝邸（不過也遠遠比不上寶生邸）外觀是獨具風格的兩層樓西洋建築。走進寬敞的玄關，是展示西式甲冑、古伊萬里瓷壺與某人肖像畫的玄關樓層。中央鋪設紅色地毯的階梯筆直延伸到二樓。彷彿現在就有一位身穿華麗禮服的知名女星唱著寶塚的知名歌曲《紫羅蘭花綻放時》走下來——這條氣派的階梯令人這麼覺得。

「哎，我家也有這種階梯就是了……」

麗子下意識輕聲炫耀，同時沿著大階梯跑上去，由穿制服的巡警帶領走在二樓走廊，走到底之後直角轉彎往前走，來到門開著的一個房間。

「抱歉來晚了……」低頭致意的麗子進入室內。

這裡感覺是寢室兼書房的房間。格局上是邊間，兩個方向設有高度及腰的窗戶，各自掛著白色百葉窗。其中一扇窗邊擺著單人床，另一扇窗邊擺著一套穩重的桌椅。桌上放著一臺開著的筆記型電腦。桌子旁邊有書櫃，還有一張單人的舒壓椅。

而且——

鋪著地毯的地面躺著一具男性屍體。身穿全套灰色居家服，年約三十歲的男性。頸部浮現一條紅黑色的痕跡。麗子連忙將視線朝上，映入眼簾的是從天花板垂下的一條繩索。其中一端綁在用來吊掛日光燈的金屬釦具，另一端則是捲成一個毛骨悚然的圓環。

「……所以是上吊？」

麗子輕聲說完，身穿灰色褲裝的女刑警悄悄走到麗子身旁。「是的，一點都沒錯喔，前輩，」她輕聲耳語。這名女刑警叫做若宮愛里，今年春天剛分發到刑事課的菜鳥刑警。是麗子期待已久的可愛後輩。

這名若宮刑警單手拿著手冊，告知目前查明的情報。

「死者是住在這個家的國枝雅文先生。那間『國枝物產』的創業者國枝芳郎先生的長子，三十五歲單身，自己也在自家公司擔任董事。發現遺體的是芳郎先生的妻子，六十歲的久枝女士，以及五十八歲的幫傭竹村惠子女士。兩人供稱是在今天下午七點左右來到這個房間，發現雅文先生在天花板掛繩索上吊。順帶一提，打一一〇報警的是雅文先生的弟弟國枝圭介先生——啊，雖說是弟弟，但圭介先生好像不是雅文先生的親弟弟，兩人沒有血緣關係。」

「這樣啊，我知道了。關於國枝家有點複雜的家族成員，我也略有耳聞。記得芳郎先生和現在的夫人是在很久以前各自帶著孩子再婚。芳郎先生最近身體狀況也不太好，據說正在某間醫院療養。」

麗子理所當然般說出已知的事實。若宮刑警一聽到這段說明就「哇！」地驚叫瞪大眼睛。「寶生前輩好厲害！為什麼對富豪的事情這麼清楚？」

「咦？妳問我為什麼……」我當然清楚，因為我也是「同類」啊！

如果可以這麼回答，這段對話兩秒就能結束，但是麗子不能說出事實，只能以指尖輕推平光眼鏡。「我……我意外喜歡打聽富豪們這方面的內幕消息喔！」她說出這種無心的謊言，假扮成「熱愛八卦的搜查官」。

然後若宮刑警不只是沒起疑，還露出莫名信服的表情。「我明白前輩的這種想法。」她說著壓低音量。「其實我也很好奇國立市富豪們的大小事。那些人住在什麼樣的房子，平常吃什麼東西，坐哪種車子……」

「等……等一下，若宮，妳用不著好奇這種事吧？」

「哎，實際上也沒錯，畢竟就算好奇，刑警也沒辦法成為富豪對吧～～」

「是……是啊～～」不過愛里，富豪成為刑警的例子偶爾會出現喔！

麗子在內心吐舌頭，回到原來的話題。「總之，現在專心辦案吧。依照妳的說明似乎是上吊的屍體，可以單純認定是自殺嗎？」

「咦，不是嗎？」若宮刑警交互看著天花板垂下的繩索與腳邊的屍體。「這個狀況怎麼看都像是在自己房間上吊吧？」

「是啊，不過要是以第一眼的印象下定論就會誤判喔。」總覺得以前有一位長官就像這樣犯下各種誤判，最後不知為何「榮調」進入警視廳總局。

麗子一邊思考這種事，一邊重新蹲在國枝雅文的屍體前方。從天花板放下來的屍體直挺挺仰躺在地。麗子在死者面前合起雙手致意之後，緩緩觀察屍體的脖子。這是為了確認勒痕，也就是上吊屍體脖子殘留的繩索痕跡。下一瞬間，麗子眉頭深鎖。

「若宮妳看，這具遺體的頸部除了繩索勒痕，還看得見像是指甲的抓痕吧？脖子被繩索勒住想伸手解開時，大多會留下這種掙扎的痕跡。所以在這種場合須考慮他殺的可能性——」記得法醫學的參考書確實是這麼寫的。麗子在後輩刑警面前慎選言辭。「總歸來說雖然可能是自殺，卻也有他殺的嫌疑。」

不過真相還不得而知——麗子裝出前輩的模樣想繼續說下去，窗外卻在此時傳來礙耳的爆音蓋過她的話語。看來是車子的引擎聲。「真是的，吵死了。突然發生什麼事啊！」

——這座「文教都市」國立市，難道出現過氣的飆車族嗎？

覺得可疑的麗子暫且離開屍體，走向其中一扇及腰的窗戶。她模仿往年刑警劇《BOSS 女王》經常做出的熟悉動作，以手指輕輕撐開百葉窗的縫隙。

瞬間，出乎預料的光景映入眼簾。

——不……不會吧？到底是怎麼回事？

錯愕的麗子視線前方，是大搖大擺開進案發現場的高級進口車。打開駕駛座車門下車的男性，身穿令人誤認是好萊塢巨星的白色西裝。無論環境多麼昏暗，麗子都不會認錯那身特殊的打扮。

「為……為什麼……？」為什麼那個人來到這個現場？

麗子隨即陷入恐慌。反觀那名白西裝男性剛抵達現場，男性調查員就接連上前握手，身穿制服的巡警以立正不動的最敬禮迎接，看起來彷彿是凱旋歸國的金牌選手。

「前輩，那個人是誰啊～～？」

不知何時學麗子以相同動作撥開百葉窗窺視的若宮刑警歪著腦袋詢問。新來的她難免感到疑問。

麗子以顫抖的聲音，說出百般顧忌的那個名字。

「他……他是風祭警部……風……風祭警部回到國立警署了……」

麗子看著熟悉警部的身影，腦中在這時浮現一段記憶。

奧多摩飯店發生的那個事件。風祭警部當時也湊巧位於事發現場，出了天大的紕漏。位於事件核心的知名政治家，對於警部過於蹩腳的表現火冒三丈。大概是為了發洩內心的鬱悶，事件順利解決之後，這名政治家立刻公開發言暗示要將警部降職。當時聽到那段發言的麗子毫不在乎心想「那名警部被下放到哪個單位都不關我的事」，一副置身事外的態度——沒想到是被下放到國立警署！

眼前不禁一黑，意識差點遠離。在這個狀況中，警部的身影也確實朝著這座宅邸接近。那就不得已了，只能以昔日部下的身分前去迎接吧。

下定決心的麗子主動衝出案發房間，大步穿過長長的走廊，來到鋪著紅地毯的大階梯上方。就在這個時候，不甚懷念的警部聲音從玄關樓層叫她。「喔喔，寶生！在那裡的不就是寶生嗎？」

「風風……風祭警部——」

聲音顫抖是因為驚訝與不安。不過風祭警部當然認為「聲音顫抖是感動的證明」吧。他那張五官莫名工整的臉孔滿是笑容，張開雙手跑上大階梯。麗子腦中響起的音樂，不知為何是男低音版本的《紫羅蘭花綻放時》。面對想要熱情擁抱慶祝重逢的警部，麗子巧妙鑽出他的雙臂，冷靜詢問。

「警部，您怎麼會來到這個現場？」

「嗯？哎～～沒有為什麼。」雙臂空虛緊抱空氣的風祭警部，以不是滋味的表情看向麗子。「我今年四月收到新的人事令，派我到國立警署刑事課。看來那些高層終於察覺了，國立警署沒有我果然不行！」

「…………」警部，他們應該是認為「警視廳總局有這傢伙果然不行」才對吧？

麗子輕輕嘆了口氣。「總之您重回國立警署是吧，這樣啊。這真是非常……嗯，是非常……」悲哀的消息。對我來說超悲哀的！

麗子只在內心吐露真心話。不過這個想法當然絲毫沒傳達給警部。

「嗯，寶生，謝謝妳。我不在的這段期間，也害妳感到寂寞了。」

「不，別這麼說……」警部不在的這段期間，我反倒覺得超快樂的！

實際上，風祭警部「榮調」之後，國立警署管區處於風平浪靜的和平狀態。發生重大案件的次數大幅減少，刑事課的調查員們也一直過著行有餘力的日子。

總之，案件數量和風祭警部的離開是否有關聯性，這種事沒人清楚——無論如何，看來國立警署的幸福時光已經成為歷史。

麗子隱約冒出這種感覺，失望地深深嘆了口氣。

3

風祭警部像這樣和麗子分享重逢的喜悅之後（不，實際上沒分享，只有他單方面感到重逢的喜悅）立刻進入現場，主動坐鎮在最前線指揮辦案。國枝雅文的屍體搬走之後，警部重新將第一目擊者竹村惠子叫來現場。現身的是身穿工作用黃色圍裙的中年幫傭。她在刑警們面前詳細說明發現屍體的原委。

「今天下午，這座宅邸裡總共有五人。首先是我這個幫傭，然後是雅文先生與圭介先生兩兄弟、夫人久枝女士，另一位是圭介先生的男性朋友木村先生，他從傍晚來到這個家裡玩。是的，老爺不在家。其實老爺身體不舒服，已經住院很久了。」

看來傳聞果然是真的。國枝芳郎的身體狀況欠佳。

「今天是星期六，公司休假，雅文先生一直待在宅邸。不過到了下午三點左右，他說想處理一些工作，獨自進入自己房間。是的，他經常這樣。為了避免打擾他工作，我與夫人都很少去他房間。我想圭介先生當然也是。」

換句話說，雅文下午三點之後獨自待在自己房間，不過好像完全沒人親眼看見。麗子將這一點留在腦海，聆聽幫傭說下去。

「到了五點左右，名為木村和樹的先生來到宅邸。聽說他是圭介先生從大學時代就認識的老朋友。圭介先生迎接木村先生進來之後，好像帶他逛了宅邸內部一圈。這座宅邸的一樓玄關或二樓走廊，各處都像是美術館一樣陳列美術品或古董工藝品，所以應該是要讓朋友欣賞吧。這段期間，我忙著準備晚餐。夫人也說難得有客人來，親自站在廚房一起準備。後來在天色變暗的下午六點半，木村先生和我們一起吃晚餐。場所是在一樓的餐廳。」

記得若宮刑警說過，雅文的屍體是在下午七點被發現。麗子將這件事放在心上，繼續聆聽幫傭的說明。

「同桌用餐的是夫人、圭介先生與木村先生三位。我負責供餐。雅文先生遲遲沒有從二樓下來。我與夫人對此都覺得沒什麼好奇怪的。雅文先生一旦埋首工作就會忘記用餐時間，窩在房裡好幾個小時。之前也發生過這種事，或許也是察覺圭介先生的朋友來訪所以避免同桌用餐。不過開始用餐大約三十分鐘的時候，夫人像是耐不住性子，命令我去雅文先生的房間問他要不要吃晚餐。我也認為這麼做比較好，所以立刻前往二樓敲雅文先生的房門。」

看來風祭警部終究也覺得現在這個場面不方便插嘴。他嚥了一口口水，一臉緊張等待幫傭說下去。

「可是房內沒回應。我以為是去如廁，看了二樓的洗手間，但是沒人使用。我回到雅文先生的房間再度敲門，還是沒回應。覺得不對勁的我回到一樓餐廳，向夫人報告這件事。夫人說『這樣怪怪的』，親自前往二樓。夫人敲門好幾次之後，門開了。是的，門沒上鎖。轉動門把之後，門順利開啟。房內陰暗又安靜，正中央好像有個影子微微搖晃，需要花點時間才看得出來是有人吊在天花板……然後，我們終於察覺了……察覺雅文先生以繩索上吊……夫人當場蹲下，我大聲尖叫……」

竹村惠子像是回想起當時的光景，一邊發抖一邊說完自己經歷的事。

風祭警部問了這位幫傭唯一一個問題。「雅文先生自殺的原因，妳心裡有底嗎？」——只有這麼問。對此，竹村惠子的回答也很簡潔。

「不，我完全想不到雅文先生自殺的原因。」

竹村惠子離開之後，命案現場的房間裡，風祭警部露出滿意的笑。「呵呵，看來事情變有趣了。」他說出像是B級片裡勇猛反派會說的臺詞。

另一方面，麗子以「不行喔，警部，不可以說風涼話」這段話明確否定。不過警部看起來不以為意，說出自己的見解。

「遺體的狀況顯示自殺與他殺兩種可能性。但好像沒發現像是遺書的東西，雅文先生也沒有自殺的理由。雅文先生下午三點進入自己房間，下午七點化為屍體被發現。某人在這四個小時內造訪雅文先生的房間，以某種手法殺害，以某種方法將屍體吊在天花板，偽造成上吊自殺。這樣的可能性很高——既然這樣，那這就是他殺，雅文先生是遇害之後被偽造成自殺。寶生，妳說對吧！」

「呃……以某種手法殺害？以某種方法吊在天花板……？」

這個推理過於牽強，不過關於「可能是他殺」這個結論，麗子也有同感，所以對於警部沒什麼好說的。不過對於一旁聆聽上司說明寫筆記的正經後輩，麗子滿心想建議她說「愛里，不用寫筆記沒關係的，反正這個人只會想到大家都想得到的事」。

「所以警部，接下來要怎麼做？目前只問完幫傭。」

「放心，接著要問話的對象早就決定了。」

警部直截了當說出對方的名字。「是雅文先生的弟弟國枝圭介先生。圭介先生是久枝女士和前夫生的孩子。芳郎先生的兒子雅文先生和他沒有血緣關係。因此芳郎先生好像想讓親生兒子雅文先生當他的繼承人。在這方面受到委屈的弟弟並不是不可能冒出殺機……不對，是很有可能……」

似乎熟知內幕的警部擅自發揮想像力。聽到他的發言，若宮刑警感到意外般歪過腦袋。

「咦？風祭警部也很熟悉有錢人家的大小事耶。」

「嗯？我熟悉有錢人家？不不不，這妳就錯了。我不是熟悉有錢人家，我自己就是有錢人家。小妹妹，妳不知道『風祭汽車』嗎？」

「這我當然知道喔～～」若宮刑警像是不准別人小看般大幅點頭，以充滿自信的語氣說下去。「『風祭汽車』是以『外表超拉風，性能超普通』為人所知的中等規模車廠吧？」

現場的氣氛瞬間降到冰點以下，發出「啪嘰」的聲音凍結。

「……………」愛……愛里，妳突然說這什麼話！

若宮刑警過於純真的發言令麗子發抖。在場的男刑警咳了幾聲看向旁邊。入口的制服警察明明沒人叫卻匆忙衝出房間。當事人風祭警部直到中途都掛著笑容聽菜鳥刑警說明，但是若宮說完的時候，他已經像是戴上面具般毫無表情。麗子覺得第一次看見警部露出這種表情，但現在不是看好戲的時候。

麗子拉著後輩刑警的套裝衣袖，硬是將她帶到房間角落，然後輕聲訓誡她剛才的發言。「不可以喔，愛里……更正，若宮，不能說實話！」

「啊？」

看來她聽不懂——「我說啊，警部是以『性能超普通』聞名的那間『風祭汽車』創業家的少爺，所以不可以說『性能超普通』。此外他也有點在意『中等規模車廠』這個稱呼，所以在他面前是禁句喔！」

「寶生，我聽到妳說出禁句了！」

麗子後方傳來不悅的聲音。她驚覺不對轉頭一看，警部雙手抱胸板著臉。麗子只能苦笑掩飾。不過以結果來說，若宮刑警一針見血的那段話，確實將警部拿手的「炫耀大會」完封。

警部暫時停止炫耀家境，簡短說著「算了」回到正題。「總之首先應該懷疑的，是雅文先生死後受惠最大的人物。這個人是誰？當然是沒有血緣關係的弟弟圭介先生吧。因為要是雅文先生死亡，正在養病的芳郎先生也有個三長兩短，他就真的可以繼承國枝家了——那麼事不宜遲，叫國枝圭介先生過來這裡吧。」

「是～～」若宮刑警回應之後，精力充沛地衝出房間。

麗子感覺放下內心大石般鬆了口氣。

國枝圭介終於來到刑警們面前。灰色運動服加上米色斜紋褲。瀏海留長稍微給人輕佻印象的斯文男性。年齡是比雅文小一歲的三十四歲，同樣單身。是「國枝物產」的職員，現在的頭銜是總務部長。年紀輕輕三十出頭就當上部長，一般都會稱為傑出的菁英職員吧。不過考慮到年齡只差一歲的雅文已經擔任董事，不難想像沒有血緣的兩兄弟之間有階級差距。

「我開門見山請問一個問題。」風祭警部以這句話開場，毫不拐彎抹角詢問圭介。「今天下午三點到七點這段時間，你在哪裡做什麼？」

麗子忍不住抱頭——真是的，開門見山也要有個限度吧，警部！

圭介隨即理所當然般擺出不悅表情，和警部對決的態度更為堅定。

「哎呀，刑警先生，劈頭就調查不在場證明嗎？哈哈，你想必認為是我殺害哥哥偽裝成自殺吧？」

「不不不，這種事情，我連一丁點都沒想過……」

「請不要睜眼說瞎話！你認為我可能是凶手吧！」

「哎……當然會這麼認為吧。」警部很乾脆地承認，注視圭介。「所以怎麼樣？你有下午三點到七點的不在場證明嗎？」

「真是的……」圭介聳肩之後不情不願開口。「下午三點到五點，我一個人待在自己房間，所以沒有不在場證明。不過後來我大學時代的朋友來玩，是叫做木村和樹的男性。他好像對美術品與工藝品感興趣，所以我邀他來家裡。木村在約好的下午五點整過來，然後我帶著他欣賞並且說明這個家裡的美術品……大概持續一小時半左右，到了晚上六點半就……」

「吃晚餐是吧！」風祭警部像是搶話般猛然接近圭介。「然後在三十分鐘後的下午七點，幫傭小姐與久枝夫人在這個房間發現雅文先生的遺體！」

「是……是的。」圭介頻頻點頭，像是懾於警部的魄力。

麗子緩緩搖頭——真是的，警部，不可以自己說吧？必須讓對方說，否則無法好好調查不在場證明啊！

麗子忍不住眉頭深鎖。「前輩，妳沒事嗎？看妳氣色好差……」若宮刑警出言關心。反觀風祭警部看起來不以為意，說著自己的推論。

「圭介先生，你和朋友在一起的下午五點之後，確實有不在場證明。可是在這之前的時段沒有不在場證明。那麼你很可能是在下午三點到五點的某個時候，前往雅文先生的房間殺害他，將遺體吊在天花板……」

「不可能那樣啦！」圭介沒聽完警部的推理就生氣大喊。「刑警先生，你說的犯行完全不可能做得到。因為我哥的死亡時間不是下午三點到五點，是下午六點以後。」

「啊？」聽到意外的新證詞，警部張嘴愣住。「六點以後……？」

麗子與若宮刑警也不禁轉頭相視。不能繼續交給警部處理了。如此心想的麗子主動發問。「圭介先生，這是怎麼回事？為什麼你敢斷言雅文先生的死亡時間是下午六點以後？」

「其實大約在那個時間，我和木村一起去了哥哥的房間。我想介紹朋友給哥哥認識。但我敲門也沒回應。就在這個時候，我心想『奇怪了』……試著開門。這麼做應該沒關係吧，因為雖然沒有血緣關係，不過我們是兄弟。」

「呃，嗯……所以雅文先生在房裡嗎？」

「沒有。房裡沒有任何人。」

「就……就在這個時候！」風祭警部突然大聲從旁插嘴。「就在這個時候，天花板是不是掛著某個大大的影子，而且微微搖晃……？」

看來警部想委婉詢問房內是否有上吊屍體，但他說得一點都不委婉。麗子不禁傻眼，她前方的圭介也以傻眼的聲音開口。

「沒有。如果有，家裡在那個時間點就雞飛狗跳了！」

「嗯，當然是這麼回事吧。」麗子像是要推開礙事的警部，搶回發問的主導權。「那麼，方便詳細說明當時房內的狀況嗎？」

「呃，就算要我詳細說明……」圭介搔了搔腦袋，朝著如今搬走屍體的雅文房間伸手示意。「我想應該就是現在這個房間的狀態。要說哪裡不一樣，當時是黃昏時分，所以室內陰暗。記得當時隔著百葉窗，可以清晰看見窗外夕陽西下的景色。」

圭介說完，指向兩扇及腰窗戶之中靠近桌子的那一扇。

「你們看那扇西向的窗戶。現在戶外也一片漆黑，只看得見路燈，不過白天看得見遙遠另一頭的富士山。因為這個家蓋在高臺上。黃昏的時候，太陽會沉入富士山後方。現在這個季節，日落時間大概是下午六點出頭，所以我才說哥哥被殺的時間——不對，我認為不是他殺，是自殺——總之我哥吊掛在天花板，肯定是下午六點以後的事。」

圭介說明之後，像是要阻止刑警們繼續詢問般補充這句話。

「刑警先生，如果認為我在騙人，請你去問木村吧。」

國枝圭介充滿自信說完自己的不在場證明之後，意氣風發離開現場。

被留下來的風祭警部受到屈辱而漲紅臉。「好～～既然這樣，我就聽聽那傢伙怎麼說吧！」他說完再度下令。「把那個叫做木村和樹的男性帶來這裡！」

「是～～」

「不可以拉長音，要回應『是』！」警部朝菜鳥刑警亂發脾氣。若宮刑警像是被這聲大吼推動般衝出房間。「別氣別氣。」麗子安撫憤怒的警部，忍不住苦笑——警部，這樣不穩重喔。請不要因為自己的推理可能失準就氣急敗壞！

像這樣安撫的時候，西裝筆挺的男性來到刑警們面前。是木村和樹。年齡和圭介一樣是三十四歲，在相鄰的立川市擔任銀行行員。

木村以回答刑警們問題的形式，平淡說明今天發生的事情。內容和剛才幫傭與圭介說的完全一致。木村和樹說自己下午五點造訪國枝邸，後來在圭介的引導之下，參觀宅邸內部各處的美術品約一小時半。

「後來，我下午六點半在餐廳享用晚餐——」

木村毫不結巴出言作證，風祭警部看著他的臉，表情有點不耐。等他說到一個段落之後，警部突然問他最重要的問題。「所以，你到處參觀屋內美術品的時候，親眼看見雅文先生的房間——也就是我們目前所在的這個房間吧？」

「嗯，我看見了。圭介也和我一起看見。」

「當時這個房間是什麼樣子？」

「呃，這個嘛……」木村像是要捲回記憶的絲線，重新環視雅文的房間，然後緩緩開口。「記得那時候已經是傍晚，老實說，室內變得很暗，詳細的部分我不清楚。不過就算這樣，我也可以斷言當時這裡沒有什麼上吊屍體。房裡空蕩蕩的沒有任何人。」

「窗戶怎麼樣？你從窗戶看見什麼嗎？」

「我想想，這個嘛，記得從靠床的及腰窗戶看不到什麼東西……不過從那張桌子旁邊的窗戶，隔著百葉窗看得見火紅西沉的夕陽，也看見不遠處南武線的光景……」

「富士山呢？從那扇窗戶看得見富士山嗎？」

「咦，啊啊，那是富士山嗎？對喔，這裡是富士見台。我有看見，夕陽逐漸沉入山脊後方，記得是這樣的光景沒錯。我不知道正確時間，不過因為是接近日落的時段，所以應該是下午六點左右才對——唔，也就是說，圭介他哥哥死亡的時間是六點到七點這個時段，照道理來說是這樣吧？那就太好了。因為在這段時間，我和圭介以及他的母親等人在一起，所以沒有嫌疑。是這樣沒錯吧，刑警先生？」

木村和樹以純真表情詢問。

反觀風祭警部沒能回答他的問題，發出「唔唔唔……」這種不成聲的哀號。拳頭微微顫抖，像是透露內心的慌張。

最後被叫來的命案關係人是圭介的親生母親——國枝久枝夫人。但她的證詞沒有亮眼之處，內容只和幫傭或圭介他們說的一樣。後來風祭警部端正的臉孔浮現「無聊」兩個字，將偵訊工作全部扔給部下。麗子不得已接下偵訊任務繼續調查。

「——總歸來說，吃晚餐的時候，圭介先生一直和夫人與木村和樹在一起，這部分沒錯吧？」

「嗯，是的。」久枝夫人點點頭。「啊，不過……」她抬頭補充一個細微的情報。

「當然有上過廁所喔。」

「圭介先生去上廁所？用餐的時候嗎？」

「不，是準備坐下來用餐的時候。圭介說『我去個廁所……』離開餐廳。當然在短短五分鐘後就回來了。這是下午六點半的事，後來就開始吃飯，圭介在那之後一直和我與木村先生在一起——刑警小姐難道是在懷疑我兒子嗎？認為雅文不是自己上吊自殺？」

「不，這方面不好說……」麗子適度搪塞之後反問夫人。「順便請教一下，雅文先生自殺的原因，您心裡有底嗎？」

「我心裡怎麼可能有……」夫人否定到一半，大概認為這樣回答不太好而重新來過。「不，總之即使是住在一起的家人，也可能不知道誰內心有什麼煩惱，他或許發生了什麼事吧。」她話中有話這麼回答。留下「自殺的可能性」對她的親生兒子比較有利。就麗子看來，夫人是做出這個判斷才這樣回應。

命案關係人的偵訊到此完成一輪。

4

久枝夫人離開之後，風祭警部在命案現場房間走來走去，看起來在想事情。但也很可能只是飾演「沉思的菁英調查官」自得其樂。答案究竟是哪一個——麗子歪著腦袋注視。她視線前方的警部像是忽然察覺某件事，發出「嗯？」的聲音抬頭左右張望。「這麼說來，寶生，那個小姑娘怎麼了？」

「難道您是說若宮嗎？」

寶生從剛才就一直很在意，如今不能視若無睹了。為了可愛的後輩，看來這時候必須好好教訓這個性騷擾上司一頓。如此心想的麗子，隔著平光眼鏡瞪向上司。「不可以喔，警部，她好歹是部下，怎麼可以稱呼她『小姑娘』呢？現在不是這種時代了。」

——不然您又會被降職喔，警部。這樣您也甘願嗎？我倒是很甘願啦，而且這樣反而正合我意！

麗子在內心暢所欲言。此時警部說「唔，不行嗎？」露出意外般的表情，伸手指向麗子。「可是寶生，記得妳之前被我稱為『小姑娘』還挺開心的……」

「我可沒開心喔！」誰會開心啊，笨蛋！不准擅自改寫記憶！

「不，可是……」

「沒開心！我並沒有開心！」麗子尖聲大喊。

這一瞬間，警部像是被看不見的氣場壓迫，發出「唔喔！」的哀號後退到牆邊。受驚般目瞪口呆的他以手指梳理凌亂的頭髮，朝部下投以掩飾的笑容。「我……

我知道了，寶生，妳說得沒錯，這個時代不被允許將部下稱為『小姑娘』。今後我只會在私底下這麼稱呼，這樣就可以吧，小姑……更正，寶生？」

——警部，看來你還是很想這麼叫吧！

麗子「唉」地嘆了口氣，回到正題。「算了——所以您說若宮怎麼了？」

「還能怎麼樣，她帶著久枝夫人離開之後完全沒回來吧？該不會是摸魚跑去偷抽菸了？」

「…………」警部，你到底對部下有什麼偏見？愛里她絕對不會藏菸在身上——

「請不要把她和其他男性調查員相提並論。肯定是去洗手間之類的，馬上就會回來。」

才這麼說，若宮刑警就回到現場。看她呼吸變得有點急促，麗子詫異詢問。「若宮，妳去哪裡了？」

後輩刑警隨即以細微的聲音回答。「不好意思，我去摘了幾朵花……」

「喂喂喂，現在不是悠哉摘花的時候吧！妳在工作耶，工作！」

「是洗手間啦，警部！這裡說的『摘花』是去洗手間的意思！」

麗子加上淺顯易懂的注釋之後，不識趣的警部說了「咦？啊，原來是這個意思……」尷尬閉嘴。接著若宮刑警繼續說明還沒說的事情。

「然後，我回不了原來的房間……您想想，這座宅邸走廊很長，房間很多，而且走廊的燈光也暗暗的……」

「喔～～所以是怎樣？妳辦案的時候在案發現場迷路？」

風祭警部露出挖苦的笑容。「啊啊，寶生妳過來一下。」他說著將麗子叫到牆邊，然後耳語般開口。「真是的，看來我不在的這段期間，國立警署的水準下降好多。真是不勝唏噓。」

「呃，或許吧。」實際上，以往沒有任何調查員在案發現場迷路。而且如今新加入風祭警部，國立警署的水準確實下降到至今最低等級吧。「是的，真的不勝唏噓……」

「嗯，妳想必也吃了不少苦。不過沒事的，寶生。在辦案現場，完全沒人知道什麼東西會成為破案線索。那個冒失刑警妹乍看毫無意義的小失誤，讓我的腦細胞獲得莫大的啟發。基於這層意義，我或許應該感謝她。」

「是喔……」警部，你在說什麼？

納悶的麗子內心只有不安。

反觀警部走到房間中央，像是舞臺劇演員般誇張張開雙手。

「國枝邸確實很大。第一次造訪這座宅邸的人，即使是現任刑警也無法輕易掌握內部構造吧。如果是普通人就更不用說了——是的，例如極為平凡的銀行行員木村和樹。他也很可能和若宮刑警一樣在這座宅邸迷路。這部分就有餘地讓人動手腳。寶生，妳不這麼認為嗎？」

「…………」雖然聽不太懂，不過這時候應該是適度附和的場面吧。麗子回答「是的，警部說得沒錯。」催促上司說下去。「在這個事件，假設有人動了某些手腳，會是什麼樣的狀況？」

「嗯，接下來始終只是我的推測。」

風祭警部慎重以這句話開場之後，說出自己的推理。「今天傍晚六點左右，木村和樹被圭介帶到雅文的房間。或許那裡其實不是雅文的房間，是酷似雅文房間的另一個房間。既然是不同的房間，裡面當然沒有雅文的屍體，室內應該是空蕩蕩的。圭介對木村和樹謊稱那個房間是哥哥的房間，讓他進去看。另一方面，真正的雅文房間——也就是我們所在的這個房間——在這個時間點，雅文的屍體已經吊掛在天花板。寶生，妳覺得怎麼樣？」

「也就是說，殺害雅文先生的時間不是下午六點以後……」

「沒錯，是下午六點以前。不只如此，肯定比木村和樹造訪國枝邸的下午五點更早發生。如果是這個時段，圭介只說他獨自待在自己房間，沒有確實的不在場證明，所以很可能是他下的手。」

警部的推理乍聽之下煞有其事。毫無免疫能力的若宮刑警，似乎覺得這段說明很有道理。「好厲害～～！確實是這樣耶～～」她毫不保留稱讚這段推理。不過，已經完全免疫的麗子不想這麼輕易相信警部的推理，以慎重的語氣發問。

「可是警部，假設您的推理正確，那麼這座宅邸的二樓必須還有一間和雅文房間一模一樣的房間。這個房間到底在哪裡？」

「哼哼，假設有這種房間，那就只想得到一種可能性了——好，如今講道理不如看證據，就由我們親自揭露這個房間吧！」

風祭警部說完獨自衝出雅文的房間。

麗子與若宮刑警轉頭相視愣了一下，然後兩人接連衝到走廊，追著白色西裝的背影而去。

數分鐘後。三名刑警帶著國枝圭介一步步走在二樓走廊。圭介以一頭霧水的表情詢問風祭警部。

「等……等一下，刑警先生，這是怎麼回事？突然要求看我的房間……可是就算看我的房間，也沒什麼有趣的東西……啊啊，是那一間，刑警先生。盡頭那扇門後就是我的房間。」

圭介筆直指向前方，警部滿意點了點頭。

「看來是邊間。和雅文先生的房間一樣。」

「哎，要說邊間的話確實是邊間啦。」圭介說完主動拉門把打開房間，邀請三名刑警進入。「——來，裡面請。」

警部不等他說完就大步踏入室內。麗子與若宮刑警也跟著上司入內。

「喔喔！」瞬間，警部發出感動不已的聲音。他臉上浮現確信勝利的笑容。「怎麼樣，寶生，妳看看！」

「嗯……」麗子以指尖將平光眼鏡往上推，觀察房內的狀況。

圭介的房間確實很像雅文的房間。寬敞程度應該一模一樣。單人床、桌子、舒壓椅與書櫃，幾乎和雅文房間相同的家具各自擺在幾乎相同的場所。乍看之下很可能把兩個房間當成同一間。不過當然也有相異之處。靠近房門的那面牆壁，有一臺大約六十吋的大電視，以壁掛的方式設置。雅文的房間肯定沒有電視。而且還有一個最大的差異——就是窗戶。

麗子只能對警部說出遺憾的情報。

「警部，這個房間只有一扇窗戶。」

「嗯？」警部睜大雙眼，像是現在才發現這個事實。「——窗戶？」

「您看，床邊有一扇掛著百葉窗的及腰窗戶吧？這邊和雅文先生房間的模樣完全相同。不過在雅文先生的房間，桌子旁邊也有一扇掛著百葉窗的及腰窗戶。看得見富士山的那扇西向窗戶。這個房間沒有。桌子朝著空白的牆壁擺放。」

「喔～～這個房間明明是邊間，卻只有一扇窗戶啊～～」

若宮刑警詫異呢喃。風祭警部臉上誇耀勝利的笑容消失。然後警部像是要撲過去抓住衣領般詢問圭介。

「呃，喂，我問你！原本在這裡的窗戶跑去哪裡了？」

「沒跑去任何地方喔，刑警先生。」圭介傻眼回答。「那面牆從一開始就沒有什麼窗戶。我的房間只有一扇窗戶。順帶一提，從那扇窗戶看不見富士山。」

警部是怎麼推理的，又在尋找哪種可能性？圭介像是已經充分理解這一點，指著朝向東方的窗戶。風祭警部深感屈辱漲紅臉。這次輪到圭介確信勝利了。他露出壞心眼的笑容這麼說。

「這樣您就知道了吧，刑警先生。夕陽沉入富士山後方的光景，從我的房間絕對看不見。」

5

「——就是這麼回事。多虧這樣，調查工作完全陷入瓶頸。調查員之中甚至有人重新提出雅文先生自殺的可能性。」

國枝雅文離奇死亡數天後，某晚的寶生邸。結束今天工作的麗子，從白天重視機能性的不起眼套裝打扮搖身一變，換上很像是千金小姐會穿的華麗粉紅連身裙，深深坐在客廳的沙發。

手上玻璃酒杯的內容物，是義大利的頂級紅酒巴勃勒斯哥。麗子讓紅色液體在杯底晃動，詢問身穿無尾禮服在一旁待命的管家。

「影山，聽過我剛才的說明，你有什麼印象？」

「您是說那位菜鳥妹嗎？依照大小姐的描述，應該是相當值得期待的人才。之後就看成為前輩的大小姐您如何帶領她……」

「唔～～就是說啊。我覺得那個女生擁有不錯的特質。畢竟她面對風祭警部一點都不害怕，膽量可嘉。不過反過來說，愛里的個性有點少根筋……呃，不對啦！」麗子全力展現自我吐槽的功力。「誰在問你對若宮刑警的印象啦！我想問的是——」

「啊啊，是風祭警部這邊嗎？說來遺憾，對於他的印象，屬下只能說是『完全沒變』。」

「嗯，這我也有同感——呃，這也不對啦～～！」不，這是對的。風祭警部確實是老樣子。不過現在想問的不是這個。麗子回到命案的話題。「最可疑的人物是國枝圭介，可是他有不在場的鐵證。」

「似乎是這樣沒錯。順便請教一下，為他作證的木村和樹先生，可以認定是值得信任的人物嗎？不必考慮他向圭介先生收錢作偽證的可能性嗎？」

「理論上也有這種可能性，但以我的印象來說不會。木村和樹的舉止完全不像在說謊。他和圭介一起去看雅文房間的時候，房裡應該真的沒有上吊屍體。」

「那麼如同風祭警部的推理，木村先生看見的房間，其實不是雅文先生的房間，而是完全不同的房間——您認為有這種可能性嗎？」

「我覺得這個想法確實有趣，不過還是不可能。我們調查過國枝邸的所有房間。從窗戶看得見富士山的西向房間，除了雅文的房間還有好幾間。不過這些房間內部的空間都和雅文的房間完全不一樣。其中有久枝夫人的寢室，正在住院的芳郎先生書房，包括房間大小、家具的種類與配置都截然不同。即使將這些房間偽裝成雅文的房間，木村和樹也不會依照凶手的計畫看錯。」

「原來如此。但是另一方面，圭介先生的房間和雅文先生的房間很像——」

「是的，兩人不愧是兄弟，類似的家具都放在類似的地方。如果只是稍微看一眼，或許可能會把兩個房間搞錯——啊啊，不過好可惜！」

「圭介先生的房間沒有西向窗戶——是吧？」

「不只是沒有西向窗戶，到頭來甚至比雅文的房間少一個窗戶，沒什麼好說的。又不可能隔著沒窗戶的牆壁看見富士山……」

「所以沒什麼好說的——不，真的是這樣嗎？」

管家以話中有話的語氣輕聲說。麗子抱持期待看向他。

「唔，影山，什麼意思？難道你靈機一動想到什麼了？」

一瞬間，影山確實準備要開口，最後卻再度閉口，然後將右手按在黑色衣服胸口，恭敬低頭致意。「不，屬下只不過是區區的傭人，大小姐不知道的事情，屬下不可能知道。」

「為什麼突然裝謙虛？你是這種形象嗎？」真要說的話，你應該是說出「連這種事情都不知道？請問大小姐您是傻子嗎？」這種話，將我的自尊摧殘殆盡的那種人吧？

影山奇妙的言行舉止，使得麗子不得不歪過腦袋。

說起來，影山身為寶生家的管家，其實也擁有卓越的偵探天分。光是聽麗子詳細說明就能立刻解開謎團協助破案，他至今屢次立下這樣的功績。當時他總是展現靈機一動的聰明才智，如同快刀斬亂麻的推理能力，還有旁若無人的態度與惡劣無極限的嘴皮子。這都不能以「區區的傭人」來形容，簡直是超級管家。

這樣的他聽到麗子這麼說，像是深感遺憾般搖頭。

「不不不，屬下從一開始就是這種形象。甚至是將謙虛當成黑色西裝穿在身上，恭敬服侍大小姐的凡人——哎呀，屬下在大小姐的眼中不是這種人嗎？」

「當然不是吧！我只有視力好得沒話說！」

這個男的果然是和謙虛完全相反的存在，麗子不得不這麼認為。不過話說回來，為什麼影山含糊其詞不想討論這個事件？明明剛才確實展現出像是靈機一動的模樣，究竟是為什麼？

麗子納悶不已，不過技高一籌的影山為麗子的玻璃杯倒酒。

「這麼說來，大小姐，鞦韆街好像開了一間時尚的帽子專賣店……」

同時他說出毫無關聯的話題，用這個作戰轉移麗子的注意力。

哼，以為我會中你的計嗎——麗子在內心低語。不過她原本就有熱愛收集帽子的傾向，最後還是不小心聊起最喜歡的帽子話題，「嗯嗯，那我一定要去逛一次！」她盛氣凌人這麼說。原本在她腦中的命案話題因而雲消霧散，就這麼再也沒回來。

麗子就這麼舒服沉醉於紅酒的美味，腦中描繪的不是破案瞬間，而是發現迷人帽子的瞬間，就這麼獨自上床就寢。

6

後來不知道經過多少時間，夢中的麗子正要伸手去拿她朝思暮想的愛馬仕高級草帽的這一瞬間——叩叩，叩！

寢室的門被敲響三次，接著門外傳來「大小姐！」的叫聲。麗子回神睜開雙眼在床上起身，匆忙披上睡袍。開門一看，影山站在昏暗的走廊。他和平常一樣穿著筆挺的西裝。

——這個男的，難道連一瞬間都不曾換穿睡衣嗎？

麗子抱著不需要在此時思考的這個疑問，詢問影山。

「什麼嘛，影山，到底是怎麼回事？」

「噓，大小姐！」影山將手指抵在自己的嘴脣，示意麗子別說話，然後壓低聲音指向陰暗的走廊遠方。「那邊的房間傳來某人的氣息。或許是暗自覬覦寶生家傳家寶的竊賊。」

「你說竊賊？那就糟了，快去報警吧。」

「大小姐，您忘了自己的職業嗎？」

「我……我沒忘！」對喔，我就是警察。「但你說有小偷是騙人的吧？」

畢竟寶生邸是非比尋常的豪宅。萬一有小偷入侵境內，立刻就會響起警報，警衛趕到，看門狗大聲汪汪叫——設置了這種超先進（？）的防盜機制。能突破這套系統的只有漫畫裡的大盜或是非常愛狗的人士。無論如何只能說機率很低。

「而且你手上的ＬＥＤ手提燈是怎樣？莫名裝模作樣。打開走廊的燈就不需要這種東西吧……」

「千萬別說這是裝模作樣。屬下很正經的。」影山以手提燈照亮昏暗不清的走廊，而且像是拒絕繼續說明般慢慢踏出腳步。「那麼大小姐，請和屬下一起走吧——」

「…………」哎，沒辦法了。畢竟讓他一個人去也很可憐……

麗子輕輕嘆口氣，決定陪這個管家演這齣短劇。影山恐怕是基於某種想法，應該說某種企圖而這麼做。這是當然的。如果他毫無計畫就在深夜做這種事，到時候麗子真的得懷疑他精神是否正常。

麗子追著他的背影，在長長的走廊前進。

最後影山停在一扇門前。「大小姐，就是這裡。」

「這裡是……呃～～是哪個房間？」這座宅邸房間多到有剩，連麗子都無法立刻回想起來。她將耳朵貼在門板聆聽狀況，但是房間裡沒有任何氣息或聲音。「哼，反正肯定沒有任何人吧！」

如此斷定的麗子抓住門把，一口氣打開門。室內伸手不見五指，只有影山手上的提燈朦朧照亮門口及其周圍。看來這裡是為了收藏麗子父親寶生清太郎在各地收集的破銅爛鐵——不對，是寶物，當然都是寶物——而設計的，也就是收藏室。

虎標本、鹿角、戰國時代的甲冑、江戶時代的日本刀、明治時代的農機具，甚至是昭和偶像親筆簽名板，毫無邏輯陳列在室內。麗子環視這個雜亂的空間。

「看吧，果然沒有任何人——影山，你在捉弄我吧？」

「屬下捉弄大小姐？不不不，絕對沒這種事……但是確實有歹徒潛入這個房間的跡象……」

「哪裡有這種跡象？」

麗子說著轉頭張望陰暗的室內。緊接著，她的視線停留在牆壁的百葉窗。從百葉窗的縫隙看得見及腰窗戶，也可以眺望窗外的景色。現在是深夜，所以只看得見國立市街道的夜景——如此心想的瞬間，麗子察覺不對而大喊。「哎呀，這扇窗是半開的！」

「唔，窗戶？您說窗戶是——半開的？」

「是啊，你看！」

隔著百葉窗看得見打開一半的窗戶，麗子指著窗戶發抖。「討厭，難道真的有小偷溜進來？」

麗子慢半拍感到不安，拿起陳列的仿造刀想說至少可以護身，然後向管家下令。「影山，去看看窗戶外面的狀況。」

「遵命。」影山以恭敬口吻回應，獨自走向百葉窗。但是在下一瞬間，他不知道想到什麼，當場一八〇度轉過身來，然後朝麗子投以充滿憐憫的視線微微聳肩。「啊，大小姐……」

「唔，什麼事？」麗子愣了一下。

影山緩緩搖頭這麼說。

「大小姐，屬下有一個請求——如果要說夢話，可以在就寢的時候說嗎？」

麗子回神的時候，已經拔出仿造刀了。右手握刀、左手握鞘和黑衣管家對峙的身影，彷彿是劍豪宮本武藏的二刀流架勢。麗子挾著這股氣勢，向出言不遜的管家憤怒大喊。「你說什麼？『夢話』是怎樣？居然對本小姐說『夢話滾去夢裡說』，到底是什麼意思？」

「不，屬下絕對沒說『夢話滾去夢裡說』。屬下說的是『如果要說夢話，請在就寢的時候說』……」

「還不是一樣！」

麗子沒聽完管家的解釋，右手的仿造刀筆直朝向他。

「影山，你該不會以為只要語氣畢恭畢敬，說得再傷人都會被原諒吧？不管語氣再怎麼恭敬或親近，就算加上『請』這個字，傷人的話語還是很傷人啦！」

「恕屬下失禮了。」影山露出受驚表情慌張低下頭。「大小姐這麼生氣是情有可原——不過，現在總之請您收回那把凶暴的武器吧。」

「……真是的！」麗子鼓起臉頰，將手上的刀揮動一次之後，以時代劇巨星的動作收刀回鞘，然後重新詢問面前的管家。「所以到底是怎麼回事？本小姐什麼時候說夢話了？」

聽她這麼問，影山一臉遺憾般搖頭回答。

「看來大小姐完全忘記了。如您所見，這裡是用來讓老爺珍藏的破銅爛鐵積灰塵的房間……」

「嗯，看來是這樣沒錯。」

不過，你把父親的收藏品稱為「破銅爛鐵」令我不以為然。「積灰塵」這個說法也有問題——「所以怎麼了？」

「對於這些收藏品來說，直射的陽光是最大的敵人。老爺不希望珍藏的破銅爛鐵照到陽光，故意沒在這間收藏室打造窗戶。」

「我覺得不必一直強調是破銅爛鐵吧……咦？」麗子後知後覺般睜大雙眼。「你說沒打造窗戶？既然這樣，那扇窗戶是什麼？」

「您要不要親自確認？」

影山說完橫跨一步，讓路給麗子。麗子取而代之走到百葉窗前面。「如果這不是窗戶，到底是什麼？」她輕聲這麼說，照例模仿警匪劇長官常做的動作，以手指撐開百葉窗縫隙。下一瞬間，麗子發出「唔」的聲音眨了眨眼睛。她不由得多看一眼之後抬起頭，就這麼默默看向影山。

「…………」

影山掛著得意洋洋的表情。眼鏡後方的雙眼愉快瞇細。

麗子重新看向眼前的百葉窗，然後緩緩舉高雙手，確認百葉窗的上緣。正如她的猜測，並不是以窗簾軌道吊掛，也不是以釘子固定。百葉窗上緣只以強力膠帶貼在牆面。

麗子使勁撕下膠帶。失去支撐的百葉窗隨即發出喀喳喀喳的礙耳聲音落地。從百葉窗後方出現的是半開的窗戶——還以為是這樣，實際卻不是。是播映「半開窗戶」影像的巨大液晶畫面。

麗子睜大雙眼大喊。

「這是怎樣！根本不是窗戶，是電視吧！」

7

開燈之後，影山在燈火通明的收藏室裡開始說明。

「是的，大小姐剛才也說了，這不是窗戶，是電視。是大小與形狀很像及腰窗戶的六十吋大螢幕電視。屬下偷偷把客廳的電視搬進這個房間，設置在沒有窗戶的牆壁。總歸來說就是壁掛電視。畫面播放的影像是內建硬碟儲存的檔案，影像是屬下拍的。不久之前，屬下在隔壁房間朝著及腰窗戶設置攝影機，拍下半開窗框與窗外夜景的影片。大小姐剛才看見屬下以壁掛電視播放的這段影片，誤以為是隔著窗戶看見的真實夜景。就是這麼回事。如果套用在本次的事件……」

「影山，等一下！」麗子中途打斷管家的說明。「為什麼若無其事就準備解開事件的謎團啊？在這之前應該先說明另一件事吧！」

「……您是說哪件事？」影山詫異地以手指輕推鼻頭的眼鏡。

麗子指著自己的腳邊，以強硬的語氣說。「就是今晚的事，現在這一瞬間的事！總歸來說，這都是一場戲吧？小偷從一開始就不存在。你只是想讓我看這臺電視的機關，才在這個房間的牆壁動手腳，然後把我叫醒拉來這裡。是這麼回事吧！」

「不愧是大小姐，您居然知道了一切。」

「我當然知道吧！」麗子忍不住跺腳。「我不知道的是你為什麼刻意要做這種麻煩事。又是搬電視，又是拍假影片……用不著做這種事，口頭說明不是很簡單嗎？」

「不不不，這是因為大小姐聽屬下口頭說明也聽不懂……呵。」

「笑什麼笑，沒禮貌！」

「如果害得大小姐不高興，請容屬下道歉。不過俗話說『百聞不如一見』，比起口頭說明，像這樣實際示範給您看應該比較快，這是屬下經過深思熟慮之後得出的結論。」

「是嗎？比較快嗎？」麗子歪過腦袋。「其實你是覺得比起口頭說明，像這樣實際示範讓我嚇一跳比較『好玩』吧？」

「是的，老實說這也是原因。」

「居然承認了！」麗子如今只能傻眼。「哎，算了。總之我明白了。總歸來說，你趁我睡覺的時候，在這個沒有窗戶的房間設置了一個窗戶，然後我完全上當了。沒想到我眼前的夜景，居然是大螢幕電視的影像。」

「這個詭計的重點應該不是大螢幕電視，反倒是百葉窗。大多數人光是接收到『掛著百葉窗』這個視覺情報，就會認定該處有窗戶。一般不會認為百葉窗後面有窗戶以外的東西。這種根深柢固的成見，使得設置在腰部高度的壁掛電視看起來像是及腰窗戶，同時也將螢幕上的夜景與窗框影像誤認是實際位於眼前的景色。這個詭計可以說是正中人類心理的盲點。那麼，大小姐——」

影山說到這裡，慎重徵求麗子的同意。

「差不多可以准許屬下說明雅文先生的命案了吧？」

「嗯，沒問題——話是這麼說，但在親眼見識這個詭計的現在，我大致想像得到是怎麼回事了。總歸來說，殺害雅文的真凶是弟弟圭介。他將自己的房間偽造成雅文的房間，藉此捏造自己的不在場證明。」

「大小姐，您猜得沒錯。圭介的房間和雅文先生的房間不同，沒有西向的窗戶，卻有一臺壁掛式的大螢幕電視。圭介利用了這兩個差異。電視原本掛在房門所在的那面牆，他改掛在靠桌子的那面牆。」

「而且剛好掛在及腰窗戶的高度。」

「是的。不只如此，圭介還在電視前面掛了一面和雅文先生房間窗戶同款的百葉窗。百葉窗上緣不必穩穩固定在牆面，如屬下剛才的做法，拿膠帶將上緣貼在牆面就夠了。即使如此，牆上掛著百葉窗的這個事實，肯定使得電視看起來更像窗戶，而且百葉窗也有隱藏電視邊框的效果吧。再來只要用電視播放事先從雅文先生房間西向窗戶拍攝的日落時段影片，這樣就ＯＫ了。近距離注視還好，如果是在遠處隔著百葉窗觀看，肯定只像是可以遠眺富士山的西向窗戶。」

「原來如此。」麗子深深點頭回應影山的說明。「那麼，圭介在木村和樹造訪國枝邸之前，已經先完成這些小動作了。」

「不只是小動作。這次犯行的重點是殺害雅文先生，以及將雅文先生的屍體吊在他房間的天花板。木村和樹造訪宅邸之前，圭介肯定已經完成這些步驟。到了下午五點，圭介迎接木村先生來家裡，帶他欣賞美術品約一小時，然後在下午六點，圭介依照當初的計畫，帶木村先生前往『雅文先生的房間』。」

「不過那裡不是雅文的房間，是幾乎一模一樣的圭介房間。即使如此，木村和樹依然相信那裡是雅文的房間，而且他當時隔著百葉窗，看見夕陽沉入富士山後方的光景——」

「是的。木村先生因而認為那個房間是西向房間。後來木村先生從六點半開始和圭介一起吃晚餐。到了下午七點，幫傭與久枝夫人發現雅文先生在自己房間上吊的屍體。負責辦案的風祭警部——也包括大小姐——依照木村先生的證詞，推測雅文先生在自己房間上吊是下午六點之後的事。在這個時段一直和木村先生在一起的圭介，因而擁有牢不可破的不在場證明。這個詭計就是想要得到這個效果。實際上，凶手在下午五點之前就幾乎完成所有犯行。」

「原來如此。話說回來，圭介在自己房間做的小動作——像是移動電視或是把百葉窗貼在牆上——是在什麼時候復原的？我們造訪圭介房間的時候，房裡已經沒有『假窗戶』了。」

「詭計的善後工作是吧。這些工作肯定得在警察大舉造訪國枝邸之前完成。既然這樣，圭介只能在一個時段做這些事，那就是要坐下來吃晚餐之前，圭介去上廁所的這五分鐘。這段時間，圭介從木村先生與久枝夫人面前離開，表面上要去上廁所，其實是偷偷上了二樓吧。他回到自己房間，匆忙取下牆壁的百葉窗收回原位，然後將大螢幕電視掛回原來的位置。」

「這樣沒問題嗎？一個人搬大螢幕電視很費力吧？」

「當然不輕鬆，但終究只是搬到同一個房間裡的另一面牆。相較於屬下獨自將客廳的大螢幕電視搬到收藏室，兩者差太多了。」

「是沒錯啦，比起你平白浪費的勞力，應該輕鬆很多吧……」

麗子酸溜溜地輕聲說。反觀影山以正經八百的表情點頭。

「是的。只要事先練習，實際進行的時候只要短短幾分鐘就能完成。」

「哎，或許吧。我知道了。」麗子點點頭，在腦海重新想像犯行的全貌，然後以不悅的語氣說下去。「那麼，風祭警部當時的推理，也就是打造出相似房間令人混淆的詭計，到頭來算是猜個八九不離十了。」

「是的。警部唯一可惜的是沒看出『假窗戶』的存在，不過他的推理大致算是正中紅心——實在令人佩服。風祭警部該不會是在總局服務的那段期間功力大增吧？」

「是嗎？但我覺得唯獨他不可能有長進。而且影山，你剛才也批評風祭警部『完全沒變』吧？」

對於麗子犀利的指摘，管家只能苦笑扶正眼鏡。

風祭警部究竟是「功力大增」還是「完全沒變」？總覺得必須看過他今後的活躍度才能評論。

麗子思考這種事的時候，影山忽然朝她露出擔心的表情。「話說回來，大小姐，您接下來打算怎麼做？屬下剛才說的詭計始終屬於推理的範疇，只是在說明圭介可以用這種方式行凶，完全沒有證據證明他確實做了這種事。」

「也對。然而肯定有某個打破僵局的關鍵。圭介至今依然充滿自信，但我遲早會挫挫他的威風——啊啊，不過在這之前！」

「在這之前？」管家以疑惑表情反問。

麗子硬是壓下差點打出來的呵欠說。

「今天很晚了，我要先睡。好好睡一覺，等到明天再思考吧。因為在這種三更半夜，再聰明的腦袋都沒辦法運作。」

聽完麗子這段話，影山露出微笑，然後恭敬低頭。

「不愧是大小姐。屬下認為您務必這麼做比較好——」

8

隔天下午，寶生麗子帶著若宮刑警再度造訪國枝邸。

兩人在命案現場的雅文房間，久違再度和圭介見面。大概是猜不到刑警們突然來訪的意圖吧。「刑警小姐，請問怎麼了？還想問我什麼事嗎？」圭介一邊這麼說，一邊轉頭左右張望。「還有，那位白衣刑警先生怎麼了？今天好像沒看見他……」

他說的「白衣刑警先生」肯定是風祭警部。不過要是警部一起過來，順利的事情都會變得不順利。麗子有這種預感，所以只帶若宮刑警來到這裡。話是這麼說，但是這個不方便的真相可不能外洩。

「那個～～風祭警部從本次的調查工作除名了……」

麗子情急之下隨口編了這個謊，應該說她開了惡質的玩笑。下一瞬間——

「咦，警部先生被除名了？」

「原來風祭警部被除名了？」

不知為何，圭介與若宮刑警幾乎異口同聲發問。麗子不禁看向身旁的後輩。

——愛里，妳應該知道警部沒被除名吧？

對於她的少根筋個性，麗子暗自嘆氣，然後再度面向圭介。「總之，警部的事情一點都不重要。」她將上司相關的無聊話題扔到一旁，重新將焦點移回命案本身。

「其實我來到這裡是務必想請教一件事。方便我問一個問題就好嗎？」

「呃，好的，請儘管問……」

「那麼，事不宜遲……」麗子說著緩緩轉身看向窗戶。看得見富士山的那扇西向窗戶。她指著從百葉窗縫隙看見的景色詢問。「雅文先生死亡當天傍晚，你和木村和樹先生一起來到這個房間，看見窗外的景色。這部分沒錯吧？」

「是的，我確實看見了。看見夕陽沉入富士山後方的光景。」

「在那個時候，窗外有電車在跑嗎？」

「啥，電車？哈哈，還以為要問什麼，原來是這件事啊。」圭介露出苦笑，以從容不迫的態度回答。「確實，從那扇窗戶看得見遠方的富士山，也看得見附近的南武線。不過當時有沒有電車在跑，我完全不記得了，也沒注意這種事。」

「這樣啊，真可惜——不過木村先生記得很清楚喔。」

聽到麗子這段話，圭介臉上從容的神色消失了。取而代之出現的是充滿緊張的表情與額頭浮現的小小汗珠。「他……他說他記得……什麼事？」

「木村先生說他觀察這個房間的時候，看見窗外夕陽沉入富士山後方，還看到電車在跑。隔著百葉窗清楚看到這樣的光景。」

然後麗子誇張地雙手抱胸說下去。

「不過這就奇怪了。那天發生平交道事故，南武線從黃昏到晚上停駛。在太陽西沉的時段，南武線的軌道絕對不可能有電車在跑——若宮刑警，這件事妳怎麼看？」

「天曉得，是靈異現象嗎？還是都市傳說之類的？」

果然不該問這個女生——麗子深感遺憾般搖了搖頭，向圭介問相同的問題。「對於這個奇妙的現象，你怎麼看？」

「妳……妳說電車？沒有啦，那是，呃……」圭介立刻變得結巴。

麗子以愉悅的雙眼注視他的反應，確信勝券在握。

「你說當時和木村先生一起看見夕陽沉入富士山後方的景色。這真的是當天那個時間的實際景色嗎？該不會是幾天前拍攝的影片吧……國枝圭介先生，你怎麼說？」

「…………」

麗子繼續平淡詢問，圭介的身體終於開始打顫。

他已經連一句反駁都說不出口了。

第二話　血字寫在密室裡

1

寧靜到令人以為身處深海底部的偵訊室。身穿漆黑褲裝的寶生麗子，就這麼默默坐在椅子上，雙手手肘撐在房間中央擺放的鐵桌，看著眼前的中年男性。

男性的名字是中田雄一郎。身穿白色襯衫加斜紋長褲的他，坐在正前面的椅子懶散放鬆姿勢。以指尖把玩額頭髮梢的動作，簡直是鬧情緒的地痞流氓。

——看來這個男的，因為我是女的就瞧不起我！

麗子隱約有這種感覺，以平常很少使用的低沉聲音問他。

「那麼中田先生，你說自己和下入佐勝先生的命案無關，對於薩摩切子工藝壺的下落也完全不知情是吧？」

「嗯，是的，刑警小姐。」中田在椅子上坐正，展現古董店店長的態度，以估價般的視線看向麗子，「我沒用尖刀刺殺下入佐先生，也沒搶走值錢的壺，完全是清白的。但我為什麼必須在這間偵訊室被當成凶手？我無法接受。」

「不不不，千萬別這麼說，我們沒把你當成凶手。」——因為始終只是把你當成嫌犯。話是這麼說，不過即使說得保守一點，你也是嫌疑最大的嫌犯！

麗子笑嘻嘻搖動雙手，重新注視眼前的嫌犯。

「話說中田先生，聽說死亡的下入佐先生很相信你這位古董商，經常向你購買高額的商品。」

「是的，一點都沒錯。下入佐先生是我店裡一等一的老主顧，我不可能殺害這樣的他。刑警小姐，妳不這麼認為嗎？」

「原來如此，你說得沒錯。順帶一提，被搶走的壺聽說是下入佐家歷代的傳家寶，肯定是價值不菲的寶物吧。你站在專家角度是怎麼看的？」

「這個嘛，總之粗估至少也值一百五十萬圓吧。拿去合適的交易場所，可能以兩倍的價碼成交——啊，沒事。」大概是覺得不小心說太多，中田忽然停頓，露出僵硬的笑容。「哎，總之肯定是稀有的珍品。想要那個壺的人應該比比皆是吧。」

「當然也包括你，是吧？」麗子話中有話這麼問。

「我……我可沒那個打算……」古董商視線飄忽不定。

這裡是勝負關鍵。麗子如此認定，像是乘勝追擊般射出第二箭。

「中田先生，你想得到這個薩摩切子的壺，要求下入佐先生以合適的價格轉讓，但是下入佐先生不想交出壺，堅定拒絕你的要求——我沒說錯吧？」

「這……這是誰說的……我……我完全不記得說過這件事……」

不不不，裝傻也沒用喔，因為我已經調查清楚了——麗子即將脫口說出很像刑警會說的這段話，就在這個時候！

她身旁突然伸出一條細長的手臂。嬌嫩的手掌往桌面一拍，鐵桌發出的不是

「磅！」而是「波！」的脫線聲音。

「…………」短暫停頓之後，響遍偵訊室的是有點軟弱不可靠的女性聲音。

「不……不准說謊！我……我們已經掌握證據了！」

莫名高八度的這個聲音，當然不是來自麗子，是站在她身旁的後輩——若宮愛里刑警。聽到這句菜味滿分，魄力零分，語彙能力不及格的可悲怒吼，中年男性嫌犯只做出「啥？」的輕微反應。反倒是前輩麗子吃驚到差點從椅子滑落——愛理，突然說「已經掌握證據」是怎樣？又不是昭和時代的刑警劇！

麗子將歪掉的平光眼鏡戴好，重新在椅子上坐穩。身穿保守灰色套裝的若宮刑警，不知道是因為情緒激動還是有點害羞而臉紅，動也不動大口喘氣。看見這樣的後輩，麗子擺出可靠前輩的態度舉起單手。

「好了好了，愛里……更正，若宮刑警，妳聲音別這麼大。好啦，冷靜冷靜……」麗子安撫後輩之後，再度面向男性嫌犯。「所以中田先生，怎麼樣？願意說實話了嗎？」

「當然不可能吧，刑警小姐！哪有人會因為剛才那樣就招供啊！」

哎，說得也是。即使是即將俯首認罪的真凶，也會覺得可以再撐一下吧——麗子在內心深感認同。她決定再問一些具體的問題。「你認識愛好古董的竹澤庄三先生吧？」

「嗯，當然。竹澤先生是我店裡的老主顧。他怎麼了嗎？」

「他在我們面前出言作證。他說案發的數天前，你和下入佐先生為了那個薩摩切子的壺鬧得不愉快──即使如此還是要繼續裝傻嗎？中田雄一郎先生！」

「就……就是說啊，你……你就算想掩飾，如意算盤也打不響的！」

若宮刑警凶狠（？）瞪向嫌犯，拚命幫忙前輩偵訊。然而老實說不只沒幫到忙，甚至是幫了倒忙。麗子忍不住暗自嘆氣。

──居然說「如意算盤打不響」，愛里，妳明明很年輕，用詞也太老了吧！

實際上，原本應該陷入絕境的中田聽她這麼一說，不只沒發抖，還放鬆臉頰露出半笑不笑的表情。看來菜鳥刑警白費力氣的奮鬥，只讓男性嫌犯的內心變得祥和，完全無法套出有意義的供述。

麗子無奈從椅子起身，然後轉身背對嫌犯，將有點激動的後輩引導到牆邊。「若宮，看來會沒完沒了。」

「一點都沒錯。」若宮刑警雙手抱胸輕聲說。「前輩，那個嫌犯肯定因為我們是女人就瞧不起。」

「嗯，哎，確實是這樣吧。」不過他瞧不起的主要是妳。愛里，妳知道嗎？

麗子視線瞥向若宮刑警詢問，看見她就這麼雙手抱胸鼓起臉頰，表情像是被班上調皮男生們惹得不高興的正經班長。麗子瞬間差點忘記這裡不是學校教室，而是國立警署的偵訊室。

就在這個時候，偵訊室的門突然發出聲音開啟。出現的是身穿黑色上衣、紅色領帶加上純白西裝外套，在其他警局看不見的搶眼男性。

「啊，風祭警部……」

麗子說出上司名字之後，警部那張無謂工整的臉孔不知為何笑嘻嘻的，然後他筆直走向麗子。「嗨，寶生，調查還順利嗎？」警部右手輕拍麗子肩膀裝熟，然後說出驚人的誤解。「這麼說來，剛才妳氣沖沖的聲音甚至傳到走廊的另一頭喔——不過要我講評的話，難免還缺乏一點魄力就是了。」

「咦？警部，那是……」那應該不是我，是她的聲音才對！

麗子沒開口訂正，只是默默指向站在身旁的後輩。接著若宮刑警不知道想到什麼，視線突然在半空中游移，並且開始整理瀏海。用不著在這裡做這種多餘的動作吧？麗子不禁目瞪口呆——等一下，愛里，妳在裝什麼傻？妳播下的種子開出誤解的花朵了！

麗子嘴脣微微顫抖，交互看向上司與後輩。風祭警部無視於她的反應，坐在剛才麗子坐的椅子，然後以中氣十足的聲音說話。

「哎，算了。那麼由我來親自詢問吧。我現在親自示範偵訊的訣竅，妳們要用心偷學我的技術。技術高超的我，在總局搜查一課甚至被譽為『偵訊室的魔法師』

喔！」

——警部，你還是老樣子擁有一大堆稱號。你的技術真的好到值得偷學嗎？還有，剛才大喊的絕對不是我，是愛里！

無視於在內心嘀咕不滿的麗子，風祭警部觀察眼前嫌犯的臉孔，然後故意壓低聲音詢問。「怎麼樣啊，中田雄一郎先生，差不多該認罪了吧？案發當晚，你造訪下入佐家，在收藏古董的倉庫持尖刀殺害下入佐勝先生，搶走值錢的壺逃離現場——是不是這樣？」

「不是喔。為什麼各位刑警要懷疑我？想要珍貴工藝壺的古董迷，在這個圈子隨便都找得到吧？」

「嗯，我很清楚喔。被搶的壺確實是薩摩切子的傑作——咦，問我為什麼知道？沒有啦，其實我家也有一個薩摩切子的大盤子，比這次失竊的壺還大，所以我自認很清楚壺的價值。坦白說，大部分的市民實在買不起這玩意。」

不，我可不是在炫耀喔——補充這句話大肆炫耀的風祭警部，確實不屬於「大部分的市民」。他是中等規模車廠「風祭汽車」創業家的兒子，現在的職稱是警部，屬於「過於特殊的市民」。將警部話語當成耳邊風的中田，終於像是耐不住性子般開口。

「既然這樣，為什麼只有我必須像這樣被當成真凶對待？一整個莫名其妙。難道是那樣嗎？死亡的下入佐先生在死前留下什麼遺言嗎？『凶手是中田……』之類的遺言嗎？」

中年嫌犯以目中無人的態度說完，微妙的沉默立刻降臨偵訊室。

看到刑警們的不自然反應，中田露出有點畏縮的表情，嘴脣微微顫抖。

「怎……怎麼了，刑警先生？該……該不會真的……」

「沒錯，就是你猜的那樣！」

在連續劇或小說裡很常見，在現實世界卻很少有機會說的話語。「沒錯，就是你猜的那樣」——成功在絕佳的時間點說出這句話，風祭警部露出心滿意足的表情。他看著嫌犯的雙眼繼續說。

「躺在倉庫地面的下入佐先生遺體旁邊，留著他寫的血字——沒錯，正是『中田』這兩個字！」

2

國立市旁邊的國分寺市。說到國分寺市北部的戶倉町，是全新住宅與古老農地交錯的地區。農作物增添鮮豔色彩的五月中旬，戶倉町一角的某座宅邸，被人發現一具離奇死亡的男性屍體。

收到消息的寶生麗子立刻駕著警車趕往國分寺市。抵達的案發現場是充滿古老農家氣息的純日式宅邸。寬敞腹地裡的主屋，是黑色瓦片屋頂的兩層樓建築。昔日似乎用來儲放農具的建築物，如今活用為車庫。旁邊是以灰泥外牆展現懷舊風格的古老倉庫。

許多便衣刑警以及制服警察集中在倉庫門口附近，看來那裡是發現遺體的現場。如此心想跑過去會合的麗子，在彷彿大群烏鴉的男性調查員之中，發現唯一身穿灰色套裝，看起來像是乳鴿的年輕女性。當然是若宮愛里刑警。麗子立刻走到她身旁，抓準機會擺出前輩的架子要求她提供最新情報。

「若宮，現在是什麼狀況？被害者是誰？死因是什麼？凶手在哪裡？」

「還不知道凶手在哪裡喔。」若宮刑警面有難色，然後低頭看著手冊，告知目前已知的情報。「被害者是下入佐勝先生，七十二歲。住在這個家，已經不再務農的男性。妻子在數年前去世，現在靠著務農時代的積蓄與老人年金，過著怡然自得的獨居生活。」

「唔，『下入佐』是姓氏嗎？是哪三個字？」

若宮刑警在詫異的麗子面前舉起手，以指尖在半空中寫字。「上下的下、出入的入、佐賀縣的佐，『下入佐』——好像是來自鹿兒島的罕見姓氏。」

「嗯，這樣啊，我知道了。繼續說吧——」

「遺體在上午八點左右被發現。第一發現者是住在附近的被害者二女兒，四十三歲的田口鮎美小姐，以及被害者大女兒的丈夫，四十八歲的園山慎介先生。兩人在倉庫發現流血死亡的被害者。報警的是園山慎介先生——前輩，要看遺體嗎？我也還沒看。」

「嗯，我當然要看。」嘴裡這麼說的麗子在倉庫門口停下腳步，像是在提防什麼般東張西望，然後壓低音量向後輩刑警確認。「看來風祭警部還沒來。」

「是的，還沒來……請問怎麼了嗎？」

「不，沒事。」只是想在風祭警部還沒來的時候檢視現場，如此而已。因為要是警部在旁邊就無法專心調查——麗子暗自這麼想，指向眼前的門。「那麼若宮，我們進去吧。」

麗子她們兩人推開厚重的門，一起踏入倉庫。雖說有老舊的日光燈照明，倉庫裡卻莫名陰暗，隱約有股塵土味。內部大概是公寓套房那麼大吧。每一面牆都有高達天花板的置物架，堆滿老舊的紙箱、木箱、許多捲軸與各種工具。

置物架圍繞的倉庫正中央，木質地板的地面上，趴著一具男性老翁的遺體。身上的全套深藍色運動服大概是居家服吧。偏瘦的體格，斑白的灰色頭髮，腳上穿著拖鞋。一把尖刀深深刺入側腹，流出來的血染紅周邊地板。看起來沒有其他明顯的外傷。基本上可以認定側腹這一刀是致命傷。

不過比起這一切，觀察現場的麗子視線被另一個東西吸引。那就是遺體右手附近的奇妙光景。

被害者以右手伸到頭部附近的姿勢斷氣。食指不自然地沾染鮮血。距離指尖數公分的地上，是看起來以血寫成的血字。若宮刑警見狀發出哀號般的聲音。

「前……前輩！這該不會是連續劇常見的死前訊息吧？我第一次看見！」

「冷……冷靜一點，愛里……更正，若宮！」其實麗子也按捺不住滿腔的興奮。即使身為前輩，她自己也很少看見死前訊息這種東西。麗子仔細注視紅色文字，像是呢喃般開口。「『中田』……看起來是這麼寫的。」

「啊，嗯，說得也是，前輩。就我看來也是以漢字寫著『中田』……」

在趴著的遺體旁邊，兩人相互以嚴肅表情點頭。不過寫在現場的「中田」兩個字，當然不是就這麼明示凶手是姓中田的某人。

有其他輔助破案的線索嗎？如此心想的麗子環視室內，看見現場似乎有某些翻找過的痕跡。像是積木整齊堆放的木箱有一部分被搬走，看起來不太自然，堆積如山的捲軸垮下來，好幾根掉到地上。某人在倉庫裡到處尋找寶物，找到想要的東西之後搶走——現場的光景令人清楚聯想到這一幕。

若宮刑警大概也懷抱相同的印象，她看著室內的樣子說。

「這是強盜幹的好事嗎？」

「嗯，比方說或許是從偷變搶的強盜。竊賊溜進倉庫的時候，湊巧撞見下入佐先生，情急之下拿出尖刀刺殺他。很有可能是這種狀況。」

麗子說出其中一種可能性。就在下一瞬間——

倉庫門外突然傳來刺耳的引擎聲。如果不是偶爾在多摩地區出沒的過氣飆車族，那就是風祭警部駕駛的捷豹。肯定沒錯。懷抱確信提高警覺的麗子，聽見門外調查員們的驚慌聲。正前方的門發出「砰！」的響亮聲音被推開，正如猜測，現身的是身穿純白西裝的上司。他一認出部下的身影就劈頭這麼說——

「嗨，寶生，讓妳久等了！」

「呃～～是的，風祭警部，我等您很久了。」

麗子假裝成忠實的部下說謊。其實完全沒在等。可以的話，甚至希望你就這麼別出現。警部沒察覺麗子的這個想法，朝著菜鳥刑警的方向看去。「嗨，小姑娘妳好。」在這個時代，這樣打招呼的人幾乎沒資格當上司。若宮刑警只能一直苦笑。

「那麼若宮，說明狀況給我聽吧——凶手是誰？」

「凶手是誰還不知道～～」

如此回答的若宮刑警再度拿出手冊，然後把剛才做的事情重複一次。說明被害者的身分，以指尖在半空中寫出「下入佐」三個字，告知第一發現者的名字。然後警部觀察眼前的遺體，視線自然而然筆直朝向地板留下的血字。「喔喔！這……這是……」

「嗯？警部，怎麼了？」麗子刻意以平淡語氣詢問——警部，你應該不會說出「凶手是中田」這種毫無創意的結論吧？

麗子以視線如此暗示，單純至極的風祭警部終究也察覺蹊蹺吧。他慌張搖了搖頭。「不，沒事。現狀還不能斷定什麼事……」警部嘴裡這麼說，將差點說出來的「中田」兩個字收回喉嚨深處。看來風祭警部基於先前在總局工作的經驗，多多少少學會「察言觀色」的技能。

這也是一種成長吧——麗子雙手抱胸看著這一幕，接著警部注意到置物架留下些許翻找過的痕跡。他端正的側臉立刻露出誇耀勝利般的笑容，然後指著掉在地上的捲軸。「寶生妳看。」說到這裡，他突然像是放飛自我般說得滔滔不絕。「這個倉庫明顯有翻找過的痕跡，看來是強盜下的毒手嗎——不不不，等一下，寶生！認定是單純的強盜殺人還太早，必須仔細思考。」

「……啊？」我什麼都沒說啊？

「溜進倉庫的竊賊運氣不好，撞見下入佐先生。很可能是在這一瞬間從偷變搶——小姑娘，妳不這麼認為嗎？」

「是的，我認為警部說得沒錯。」若宮刑警笑咪咪地點頭，以純真的語氣說下去。「其實在剛才，我和寶生前輩也討論過……」

也討論過完全一樣的事情喔，警部還沒來就在討論了——這個女孩該不會想這麼說吧！察覺到危機的麗子急忙伸出手，硬是摀住這個多話後輩的嘴。

若宮刑警在麗子的掌中發出「唔咕，唔咕……」的痛苦呻吟。麗子不以為意將她拖出倉庫，以前輩的立場提供建議。

「若宮，不可以這樣啦！即使警部說的推理平凡到任何人都曉得——哎，不過平常大致都這麼平凡就是了——總之還是得默默聽他說。只要讓他痛快說完，基本上他心情就會很好，這是部下應盡的職責。何況要是說出不必要的事情害他鬧彆扭，各方面都會很麻煩吧！」

「喂喂喂，妳說哪方面會麻煩？我全都聽到了……」

背後突然傳來男性的聲音。麗子驚覺不對轉身一看，風祭警部從建築物後方探出半個頭。「寶生，妳說會鬧彆扭的人到底是誰？」

「沒沒沒……沒有沒有沒有有有，我我我……我沒這麼說……」

「這樣啊。」身穿白色西裝的警部從建築物後方完全現身。「哼，總之這不重要。不對，其實很重要，但現在先把命案查清楚吧。」

「警部，您說得是。」——呼，得救了。「那就來討論命案吧！」

「沒什麼啦，寶生，這個案件很簡單，明顯是強盜殺人。凶手的目標是倉庫裡的寶物。凶手殺害下入佐先生，搶走某個寶物。這個凶手當然是姓『中田』的某人。

因為也想不到其他的可能性吧！」

風祭警部像是豁出去了，大方說出所有人都知道的推理。這段見解聽起來平庸至極，麗子內心因而充滿不安。

3

被害者的遺體迅速被搬出倉庫。現場只留下人形輪廓的白線、乾掉的血痕以及那段血字。

「那麼，聽聽第一發現者怎麼說吧——喂，若宮，帶他們兩人過來。」

聽到風祭警部的指示，若宮刑警充滿活力回應「遵命～～」離開倉庫，帶著一對中年男女回來。是第一發現者的園山慎介與田口鮎美。

依照他們的說明，下入佐勝和已故的妻子生了兩個女兒。園山慎介是長女秀美的配偶，任職於國分寺市內的金融機構。看起來是一絲不苟的職員，剪裁合身的深藍色西裝穿得工整又筆挺。膝下無子，只和妻子住在一起。

另一方面，二女兒鮎美和公務員田口透結婚，現在是田口鮎美。生了兩個孩子，目前是專業主婦。無論是園山家還是田口家，距離下入佐家都沒有很遠，平常是頻繁往來的交情。

將這些情報記在腦中之後，風祭警部突然進入正題。

「那麼我想請教兩位。呃～～你們是否認識叫做『中田』的人……」

「警……警部！」麗子連忙打斷上司的問題，然後輕聲忠告。「您問得太突然了。照道理應該先問他們發現屍體的過程吧？」

「真是的，有夠麻煩。」警部展現身為調查員不該有的態度，不情不願重新發問。「那麼，可以詳細說明兩位發現屍體的過程嗎？」

——沒錯沒錯，這樣就對了，警部！有心還是做得到嘛！

在點頭的麗子面前，先開口的是田口鮎美。

「每天早上八點左右，我會來到這個家做早餐、洗衣服以及照顧父親，這是我的例行公事。是的，這是我在母親過世之後持續至今的習慣。今天早上我也一如往常在八點整來到這個家。不過和往常不同，我按玄關門鈴也沒人回應，而且玄關也沒上鎖。我打開玄關大門，一邊叫父親一邊進屋，但是在客廳與廚房都沒看到父親。我覺得怪怪的。父親已經不再下田工作，我想不到他有什麼事必須大清早出門。父親到底去了哪裡？我思考這個問題的時候，慎介先生出現在玄關門前。」

田口鮎美看向應該稱為姊夫的中年男性。園山慎介像是接話般開口。

「我是在上班途中過來這裡一趟。我上週出差買了伴手禮，想順路過來送給岳父。當時主屋的玄關大門開著。我朝屋內打招呼，看到鮎美小姐掛著不安的表情走出來。我問她發生什麼事，她擔心地回答『爸爸不在家』。我也立刻從玄關進去找遍屋內，果然到處都找不到岳父。找到一半，鮎美小姐說『爸爸說不定在倉庫裡』。岳父的嗜好是收集古董，值錢的物品大多收藏在倉庫的置物架。」

「原來如此。」警部點點頭。「所以兩位就前往倉庫了。當時倉庫是什麼狀況？」

「入口的門鎖著。」回答的是鮎美。「再怎麼推門都推不開——慎介先生，是這樣沒錯吧？」

「是的，鮎美小姐說得沒錯。我也試著推門或是拉門，最後都是徒勞無功。不過倉庫門上鎖是理所當然的，我對此不覺得哪裡有問題。只不過……」

「只不過……什麼事？」風祭警部以好奇的態度詢問。

園山慎介像是在搜尋當時的記憶般回答。「我在那時候偶然發現，門邊的地上留著像是紅色斑點的東西。我將臉湊過去仔細一看，發現好像是乾掉的血。某人流血的痕跡成為紅色斑點殘留在地面。」

麗子在進入倉庫之前也有看見。距離門口數公尺的泥土地殘留紅色的痕跡。雖然只有一點點，不過確實是血跡。「你發現血跡的時候是怎麼想的？」

聽到麗子的問題，園山慎介毫不猶豫回答。「我當然滿腦子都只有不祥的預感。我不知道那是岳父還是別人流的血，不過總之肯定發生了流血事件。說不定岳父倒在倉庫裡流著血。我的腦海被迫浮現這種光景。鮎美小姐恐怕也是吧。」

「嗯，沒錯。所以我立刻跑去主屋拿倉庫鑰匙過來。是的，我知道備用鑰匙在哪裡，因為我一出生就住在這個家，好歹知道備用鑰匙之類的東西放在哪裡保管。我在主屋的某處拿出鑰匙，再度回到倉庫。」

「原來如此。」警部點點頭。「那麼，當時是用那把備用鑰匙解開門鎖進去的吧？」

「不，說來可惜，刑警先生。」就像是要阻止身體前傾的警部，園山慎介以沉穩的聲音說。「就算用鑰匙也打不開門。」

「打不開？怎麼回事？」

「我從鮎美小姐手中接過備用鑰匙，插入鑰匙孔開鎖。是的，我確實順利轉動門鎖，手上也傳來解鎖的感覺，但是依然不知為何打不開門。好像是從倉庫裡面多上了一道鎖。」

「多上了一道鎖？也就是說……」

「是門閂。」鮎美以激動的語氣說。「倉庫從內部上了門閂。我試著推門卻還是推不開。」

「喔，想說門鎖打開了，卻還上了門閂嗎？」風祭警部輕聲說完，走向問題所在的那扇門。麗子與若宮刑警也從上司背後觀察實際的狀況。

門的內側確實殘留門閂——正確來說是曾經擁有門閂功能的棒狀物體——的悽

慘樣貌。門閂長約二十公分，是古老的木製品。木棒橫向滑動插入金屬門孔就能將門鎖死，屬於原始的構造。如今這根木棒從正中央斷成兩截。若宮刑警看著木棒，說出過於純真的疑問。

「該怎麼說，這根門閂也太不可靠了吧？一般來說，我覺得棒子的部分應該是金屬製的……」

「哎，確實沒錯。」園山慎介苦笑點頭。「不過話說起來，從倉庫內部上鎖的機會肯定不多，有這種程度的鎖應該就夠了。而且以這次的狀況來說，反而該慶幸這根門閂是木製的，我才可以破壞門閂進來。是的，我當然是靠蠻力撞門，結果如各位所見，門閂折成兩半。因為門突然打開，煞不住力道的我就這麼向前撲倒在倉庫裡——對吧，鮎美小姐？」

「嗯，一點都沒錯。後來我也跟著慎介先生進入倉庫。」

「然後發現下入佐先生的遺體就在眼前——是這樣沒錯吧？」

聽到風祭警部這麼問，田口鮎美面色凝重點了點頭。「是的。當時父親已經斷氣倒在地上。我大聲尖叫，當場蹲下。」

「後來我代替鮎美小姐打一一〇報警。因為任何看到這個狀況都會認為是離奇死亡。」

「嗯，他的死確實很離奇。依照兩位剛才的說明，這間倉庫內部應該是密室……」警部以半信半疑的表情進行確認。「順便請教一下，倉庫的入口只有正面的這扇門，我這麼認定沒問題吧？」

「是的，一點都沒錯。」園山慎介回答。「倉庫沒有後門。雖然有窗戶，不過被高大的置物架封死，無法提供任何人進出。實際上能讓人進出的只有正面的門。」

「這扇門從內部上了鎖。那麼果然是密室嗎……所以下入佐先生在密閉的空間裡，因為側腹失血過多而斷氣……那麼這究竟可能是什麼原因？該不會是自殺吧……」

「啊啊，刑警先生，這是唯一不可能的事。」田口鮎美大幅搖頭，像是要打斷警部的自言自語。「父親沒有自殺的理由，也從來沒有這種徵兆。」

「而且……」園山慎介從旁插嘴說下去。「倉庫裡有翻找過的痕跡，不只如此，岳父還在地面留下血字。那是岳父擠出最後的力氣，要將凶手的名字告訴我們。刑警先生，我們應該要這麼認為吧？」

「嗯，那當然，就是這樣！」像是重新想起血字的存在，警部高聲這麼說。「就算這樣，胡亂猜測也是大忌。畢竟死前訊息經常有偽造或竄改的可能性，不能劈頭就相信。是的，就是這樣！基於這份理解，我想刻意請教一件事……」

強調自己極度慎重行事的風祭警部，明明言猶在耳卻問了充滿猜測的這個問題。「所以，兩位認識叫做『中田』的人嗎？」

兩人隨即轉頭相視，歪過腦袋。最後開口的是園山慎介。「至少親戚之中沒人姓『中田』。說不定是和岳父有交情的朋友或熟人，但是我不清楚岳父的人際關係——鮎美小姐，妳呢？」

「不，我也差不多。不過父親的嗜好是收集古董，所以這方面可能有人姓『中田』——刑警先生，您想調查的話，或許可以造訪名為竹澤庄三的這位先生。竹澤先生是和父親私交甚篤的年長古董迷。他或許認識和父親有交情的『中田』先生或小姐。」

對於田口鮎美的提議，風祭警部滿意地點了點頭。他端正的側臉透露壓抑不住的笑容，就像是確信已經更接近真兇一步。

4

向兩名第一發現者問完話的風祭警部，立刻向部下們下令。

「寶生，妳們去拜訪竹澤庄三這個古董迷。要問的只有一件事。『下入佐先生認識的人之中，是否有人姓「中田」』——問這個就好。」

真的只要問這個問題就ＯＫ嗎？警部的調查方針太執著於死前訊息，使得麗子感到疑問，但她更在意另一件事。

「要拜訪竹澤先生不是問題，不過只有我和若宮兩人——是嗎？那麼我們外出的時候，警部要去哪裡做什麼？」

——該不會只叫兩個年輕人幹活，自己跑去摸魚吧？警部，休想只讓自己落得輕鬆喔！

麗子在內心低語，嚴厲的視線投向上司。

不知道是怎麼曲解她這雙視線的意思，風祭警部頓時露出恍然大悟的表情。「啊啊，原來如此，寶生，是這麼一回事啊！」他像是理解什麼般逕自點頭，突然毫不客氣將右手放在麗子肩膀。「哎，是我的錯。我真是的，居然這麼冒失。在總局工作太久，害我完全猜不透妳的心情——我知道了，寶生。既然妳這麼希望就沒辦法了，竹澤先生那邊，就由我和妳兩人一起去吧！」

「啥？」——你說誰這麼希望了？

警部無視於錯愕的麗子，筆直指向前方。「那麼寶生，妳就立刻坐上我的捷豹吧！從以前到現在，我的捷豹副駕駛座，永遠都是妳專屬的特等席！」

——喂喂喂，不准在一無所知的後輩面前說得這麼引人誤解！我從以前到現在，都完全不想坐你的捷豹副駕駛座！

麗子不是這麼回應，而是拍掉警部放在她肩膀的右手。然後她將自己的右手放在可愛後輩的肩膀。「好啦，若宮，我們走吧。這是警部的命令。我們去找竹澤庄三先生問話吧——妳開車技術好嗎？」

「啊，是的，如果是小型警車，我開得還算順手……」

若宮刑警說完跟著前輩踏出腳步。麗子朝著上司揮動單手。

「那麼警部，請等我們的好消息吧。」

「唔，唔唔……」呻吟的風祭警部一臉不滿。他緊握的拳頭微微顫抖，像是逞強般這麼說。「知……知道了。妳們兩人去吧。這段時間，我會乖乖待在這裡思考密室之謎。」

警部以不服輸的話語送行之後，麗子和若宮刑警坐上小型警車，發動車子之後開向竹澤庄三的住處。

從案發現場開車前往竹澤家只要三分鐘。在這段短短的車程，副駕駛座的麗子體驗三次冒冷汗的場面。她甚至在一瞬間不禁想拉手煞車，菜鳥刑警的駕駛技術由此可見——愛里，妳說的「還算順手」是這種水準？妳這樣居然可以分發到刑事課？

愈想愈覺得不可思議，不過現在沒這種閒工夫。抵達竹澤家之後，麗子立刻去按玄關門鈴。不久之後現身的是和被害者年齡相近的男性。看來他也大致收到消息了。麗子出示警察手冊說明來意，對方像是早有預料，直接帶領刑警們進入客廳。

依照隔著矮桌閒聊時得到的情報，竹澤庄三果然是因為收集古董的嗜好而認識下入佐勝。兩人是一起外出前往各地古董市集的好交情。麗子告知下入佐在倉庫被人刺殺之後，「我聽說了，真的很可惜。」他低頭露出愁悶表情。不久他終於抬起頭，突然問刑警們這個問題。「話說回來，薩摩切子那邊沒事嗎？」

「咦，薩摩切子……？」

麗子複誦之後，一旁的若宮刑警露出詫異表情。

「咦，您說薩摩切子……這個人是誰？」

「…………」停頓片刻，麗子終於茅塞頓開——愛里，薩摩切子不是女性的名字！是鹿兒島的傳統玻璃工藝！

後輩過於脫線的反應，使得麗子表情一僵。兩人面前的竹澤露出苦笑。

「是壺喔，玻璃製的壺——然而不是普通的壺，是下入佐先生最珍惜的傳家寶。聽說他的老家在鹿兒島，那個壺是祖先代代傳承下來的。」

「原來如此，那個倉庫裡有這種寶物啊。接下來才要清查失竊狀況，所以目前還不清楚，不過這個壺很可能已經被搶走——話說回來，我們今天是想請教下入佐先生的人際關係。」

麗子切入正題之後，竹澤說出和被害者有交情的人們姓名，總共約二十人。可惜其中沒出現「中田」這個姓。不過聊到被害者常去的店家時，他口中說出「中田古董店」這個非常吸引人的店名。

麗子探出上半身。「咦，您剛才說『中田古董店』？是中間的『中』、農田的『田』嗎……？」

「嗯，是的。」這部分很重要嗎——竹澤像是這麼問般眨了眨眼睛。

麗子順勢詢問。「那麼，這間店的店長果然是『中田』先生？」

「嗯，當然。店長是中田雄一郎先生，大概四十歲出頭，父子兩代都是古董商。他很堅持想要那個薩摩切子的壺。這麼說來，幾天前發生了一件事。我去他的店想看看有什麼好玩的商品時，店裡深處傳來兩名男性的聲音……」

竹澤向刑警們說明他造訪「中田古董店」的時候，偶然目擊的光景。

依照他的說明，位於店裡深處的兩人是店長中田雄一郎以及客人下入佐勝。兩人似乎在聊那個薩摩切子壺的話題。聽起來店長在懇求收購這個壺，卻被下入佐表態拒絕。店長開出相當漂亮的金額試著籠絡對方，下入佐堅決不肯賣。中田依然不肯罷休，下入佐終於忍無可忍憤而起身，甩掉追上來的中田快步離店。

「哎，當時我情急之下躲進暗處，避免遇見下入佐先生。被留下來的店長看起來非常不甘心——啊，就算這樣，我可沒說那位店長因為太想要那個傳家壺而溜進倉庫喔。」

「嗯，我當然知道！我們始終是當成參考才向您請教這件事。」

麗子隨口附和。但是和慎重的話語相反，內心懷疑中田雄一郎的程度已經強烈到無法抹滅。這樣的麗子匆匆結束和竹澤的面談，道謝之後離開他家，然後再度坐進小型警車的副駕駛座，向手握方向盤的後輩下達指示。

「好啦，若宮，我們回下入佐家吧。麻煩安全駕駛喔！」

「好～～～」若宮刑警以悠哉聲音回應，剛說完就猛踩油門到不必要的程度。外型可愛的小型警車，如同猙獰的山豬猛然起步，以快到像是激發潛能的速度起跑，豪邁甩尾沿著原路回到案發現場。

經過一番風波，載著麗子她們的小型警車勉強順利返抵下入佐家。麗子下車之後，立刻向風祭警部回報訪查獲得的成果。「喔喔，寶生，幹得好！」警部隨即開心不已，然後看起來沒多想就單方面斷言。「好，凶手就是那個叫做中田雄一郎的男性，肯定沒錯。」

看著上司這副模樣，麗子反而覺得自己內心的確信動搖。

「不，那個，請等一下，警部。我確實也認為中田雄一郎這個人很可疑。雖然這麼說，但也不能只因為他姓『中田』就斷定是凶手吧？死前訊息本來就不可靠，而且您想想，不是還有密室之謎嗎？中田雄一郎是怎麼在反鎖的倉庫殺害下入佐先生？只要沒解開這個謎，肯定不能認定他是凶手——」

「啊啊，那當然。前提是沒解開這個謎。」

警部以暗藏玄機的語氣這麼說。「啊？」麗子對他自信的態度感到納悶。

接著警部以自己的大拇指指向白色西裝胸口。「喂喂喂，寶生，妳以為妳們不在的時候，我只在這裡看著五月的天空發呆嗎？」

——我就是這麼想的，不是嗎？

面對愈來愈摸不著頭緒的麗子，警部驕傲挺胸。

「記得我剛才目送妳們的時候說過，妳們不在的這段時間，我會在這裡思考密室之謎——是的，妳們離開的時候，我一個人讓大腦全力運轉，結果得到一個重大的靈感——開心一下吧，寶生，還有若宮也是！本人風祭完美解開倉庫密室之謎了。如今這個案件沒有任何謎團，真相如同天空輝煌燦爛的太陽般明朗！」

風祭警部說到這裡，像是舞臺劇演員般誇張地張開雙手，擺出仰望天空的姿勢。大概是老天爺的巧妙安排，至今輝煌燦爛的太陽，眨眼之間被飄過來的雲層覆蓋，周圍頓時變成烏雲密布的陰天。

「…………」風祭警部維持張開雙手的姿勢，表情和天空一樣蒙上陰影。

「警部～～好像會下雨喔～～」若宮刑警以溫吞的聲音說。

還沒聆聽警部的推理，麗子就忍不住隱約感到不安。

5

「就是這裡！寶生妳看這裡，若宮也來看！」

風祭警部有點亢奮的聲音在低矮天花板迴盪。場所是下入佐家的車庫。命案被害人下入佐勝當年務農時當成儲藏室的木造建築，現在只停了一輛黑色汽車，不過空間還夠停兩三輛車。由於昔日是儲藏室，所以根本沒有可開關的鐵捲門。腳底是沒鋪地板的土地。警部站在這間車庫角落，指著地面詢問部下們。

「妳們覺得這個究竟是什麼？」

寶生麗子彎腰審視上司所指的地面。後輩若宮愛里刑警也在麗子身旁探頭。兩人眼前所見的是某種紅黑色斑點。在褐色地面形成不規則的圓點延伸出去。

「這……這是什麼？」——好啦，愛里，回答警部吧！

麗子以手肘輕頂後輩刑警的側腹，像是要將回答權讓給她。接著若宮刑警看起來沒在裝傻，掛著非常正經的表情歪過腦袋。「唔～～這是什麼呢？前輩妳知道嗎？」她很乾脆地將麗子出讓的回答權歸還。

「唉……」麗子嘆口氣，說出簡單至極的答案。「這是人血吧？」

「叮咚，叮咚～～！」風祭警部反覆發出完全答對的鈴聲。他滿意點點頭。「一點都沒錯。不愧是寶生。」

慢著，這種事誰都知道啦！我反而比較詫異愛里為什麼會猜不出來。然後警部，在辦案現場喊「叮咚～～」很不像話，又不是機智搶答的電視節目——呃，啊啊，真是的！上司與後輩可以吐槽的點太多，我這個正常人快累死了！

麗子在內心吐露不滿，重新指向問題所在的血跡。「這是被害者流的血嗎？如果是的話，為什麼車庫會留下血跡？」

麗子提出理所當然的疑問，警部說出不一定是理所當然的答案。

「因為啊，寶生，這個場所正是真正的殺人現場。」

「咦，這裡是殺人現場？所以警部的意思是說，下入佐先生被尖刀刺殺的地點不是倉庫，是我們現在所站的這裡？」不過這麼一來，警部剛才的那聲「叮咚～～」就更無法避免被抨擊不像話了，總之不提這個——「不不不，應該沒這回事。警部剛才也看過那間滿地是血的倉庫吧？無論怎麼看，我只覺得被害者是在那個地點遇害的。」

「這樣啊。哎，妳會陷入這種單純的想法也在所難免。」

「…………」你說誰想法單純啊，警部？只有你沒資格這麼說我！

麗子氣得忍不住瞪大雙眼，警部無視於她，以從容的語氣說明。

「乍看之下，確實不會認為這間像是儲藏室的車庫是殺人現場。不過雖然只有一點點，這個場所也確實留著血跡。另一方面，明顯應該是殺人現場的倉庫，唯一的門從內部掛上門閂，也就是密室。對於這種矛盾的狀況，有哪個理論能進行合理的說明嗎？我覺得有。那就是——」

「啊，我知道了～～是『內出血密室』對吧！」

突然響起菜鳥刑警的純真聲音。自己的臺詞被搶，風祭警部頓時「唔」地語塞。麗子啞口無言凝視菜鳥刑警的側臉。

——愛里，不可以這樣！從旁搶走上司的鋒頭，這行為明顯是竊盜罪喔！

麗子以視線告誡後輩。說起來，麗子腦中早就浮現「內出血密室」這個詞，只是貼心給警部面子才避免說出口。然而事到如今不得已了，在警部徹底壞了心情之前，只能由我來假裝不知道了。麗子情急之下這麼想。

「妳……妳說的內出血密室……是什麼？」

她像是這輩子第一次聽到這句日文的外國人，大幅歪過腦袋。

「警部，那是什麼？到底是什麼意思？」

「啊哈，前輩，妳不知道嗎？內出血密室就是……」

——我知道啦，愛里！別說這麼多了，妳先閉嘴！

麗子沒這麼大喊，而是重拍若宮刑警套裝的肩膀。接著，這個少根筋的後輩似乎也感受到現場氣氛與前輩的嚴厲表情，連忙噤口。

相對的，風祭警部終於開口。「內出血密室這個詞，出乎意料不好說明。既然這樣，我就在這裡實際示範吧——喂，若宮，妳拿尖刀攻擊我一下。」

「咦，尖刀嗎？」若宮刑警有點為難般環視四周。「那個……抱歉我現在手頭沒刀子……」

「不必拿真刀！應該說妳來真的就糟了，做個樣子就好！」

「我知道了。那麼……」若宮刑警說完，姑且以雙手做出持刀動作。「風祭警部，納命來！」接著她不知為何說出古老時代劇的臺詞，從正前方撞向警部。「喝啊啊啊啊——！」

然後，假裝被刺殺的風祭警部發出「嗚呃！」這聲誇張的呻吟，彷彿尖刀深深刺入身體般，以雙手按住側腹。「妳……妳這傢伙，明知我是前警視廳總局搜查一課——現在所屬於國立警署刑事課的風祭還敢放肆！」他全力演這場鬧劇。

——這兩個人在做什麼？等一下，胡鬧過頭了吧？

風祭警部在傻眼的麗子面前蹲下，大口喘氣詢問。

「寶……寶生，這樣妳懂了嗎？現在我的側腹深……深深插著一把刀……可是幾乎看不出流血……妳……妳覺得是什麼原因？」

「沒什麼原因，因為是『空氣刀』。」

「不是啦！」警部不滿大喊，以正經表情說明。「聽好了，寶生。沒出血的原因在於尖刀深深插到握柄，對傷口形成栓塞效果。體內當然已經嚴重內出血，不過血沒流到體外。結果就是被害者即使身受重傷，卻還是勉強能動。」
「原來如此。那麼受傷的被害者採取了什麼行動？」
「嗯，下入佐先生大概是想盡辦法要逃離凶手追殺。這時候的他肯定是這樣按著側腹，搖搖晃晃跑出車庫。」
風祭警部一邊這麼說，一邊忠實按照自己的描述，以踉蹌的腳步跑出去。麗子與後輩瞬間轉頭相視，然後默默追在上司身後。離開車庫的警部氣喘吁吁左右蛇行，臉上掛著痛苦表情拚命踏出腳步。演技實在逼真。
——可是警部，需要在此時此地演這齣戲嗎？
麗子內心打一個大問號，但現在總之只能配合上司主導的這齣小劇場。
或許該說果不其然，警部最後抵達的場所是那間倉庫門口。
「被刺殺的下入佐先生選擇在這裡避難。」
警部說完以整個身體推開入口的門走進去。兩名部下也跟著上司入內。警部等兩人進來之後關上門，做出從內部掛上門閂的動作。實際的門閂已經折斷，如今不在這裡，所以這個場面是以默劇呈現。
完成動作之後，警部重新轉身面向麗子。
「被害者就像這樣，將唯一的門從內部上鎖，避免凶手進來。下入佐先生大概覺得只要逃進倉庫，至少可以保住一條命。然而實際上沒這麼順心如意。身受重傷的下入佐先生憑著一口氣勉強逃進倉庫，但他終於也達到極限——」

警部飾演「達到極限的被害者」，移動到倉庫中央。地面以白色膠帶標示屍體的位置。警部原本想要直接沿著膠帶形成的人形輪廓躺下去，不過大概是在前一瞬間冒出「唔，躺在這裡會被血弄髒我自豪的西裝……」這種想法，他突然移動到遠處，這次終於像是筋疲力盡般趴倒在地。警部維持這個姿勢繼續說明。

「被害者就像這樣倒在地上，插在側腹的尖刀承受新的衝擊。至今發揮栓塞效果的尖刀，這次肯定反而掏挖傷口，結果造成嚴重出血。自己沒救了。察覺自己將死的下入佐先生，在這裡擠盡最後的力氣。是的，他以流出的血當成墨水，在地面留下血字，也就是先前發現的『中田』兩個字……而，而且，寫完死、死前訊息之後……下、下入佐先生就……嗚……斷氣了。」

徹底扮演受害者角色的風祭警部發出「嗚」的聲音，結束這場燃燒靈魂的演出。然後他立刻微微睜開單眼，詢問旁觀的兩名「觀眾」做何感想。

「兩位，我的推理怎麼樣？覺得很有說服力吧？」

「呃，是的，我確實感覺到說服力。」只不過，總覺得這份說服力有一半左右是以警部的誇張表演強行補足，總之不提這個——「倉庫確實是完美的密室，而且密室裡只有被害者的屍體與大量出血的痕跡。我認為警部的推理『大致』解釋了現場難以理解的狀況——若宮，妳說對吧？」

「真的好厲害，好高明的演技。警部好像是專業的演員！」
不知為何，若宮刑警不是對上司的推理，而是對演技述說感想。然而方向錯誤的這段稱讚，似乎意外打動風祭警部的心。他立刻起身，以雙手拍掉西裝的灰塵。
「嗯，我有一段時期也認真煩惱過。到底要成為警察，還是走上演員之路？我問過周圍的朋友，他們說『風祭你長得不錯，所以當演員吧』，可惜演藝圈那種浮華世界實在不合我的個性。不過假設我走那條路，現在或許已經在大銀幕飾演『刑警風祭』就是了……唔，不過這個片名意外美妙耶，『刑警風祭』嗎……不，還是『警部風祭』比較好。或者是『特命搜查官風祭』……」
「警部，您在說什麼啊！」請回來吧——麗子像是如此要求般大喊。
風祭警部露出回神表情，像是終於被拉回現實世界。「啊啊，抱歉抱歉。」他揮動單手像是要趕走自己的妄想，然後終於在兩名部下面前說出自己推理的結論。
「總歸來說，這個倉庫密室可以用古典的『內出血密室』簡單說明。那麼密室之謎已經不再是問題了。古董店店長中田雄一郎殺害下入佐先生的可能性很高——寶生，妳說對吧？」
聽到上司充滿自信的這段話，麗子只能先點頭同意。

6

就這樣，風祭警部立刻要求中田雄一郎一起回到國立警署進行偵訊，但是結果不甚理想。中田堅持否定自己涉嫌。

「說不定他不是真正的凶手……」

夜深人靜，從偵訊室的繁忙工作解脫，終於走出國立警署的寶生麗子，忍不住說出真心話。走在旁邊的若宮愛里感到意外般看向麗子。

「咦～～？前輩為什麼這麼認為？那個男人的態度明顯很奇怪吧？總覺得他瞧不起我們！」

——就說了，愛里，他瞧不起的不是「我們」，主要是「妳」！

不過，這種事一點都不重要。走在人行道的麗子仰望國立市的遼闊夜空，說出煩悶內心的想法。「風祭警部好像確信中田是真凶，不過也因為這樣，我覺得某些部分搞錯了。感覺好像還會發生一番風波……」

「這樣啊，我隱約理解前輩的這個想法……哇！」若宮愛里突然放聲大喊。仰望夜空的麗子連忙將視線移回後輩。

「怎……怎麼了，愛里——咦，幽靈？可疑人物？還是風祭警部？」

「不是啦！」愛里笑著筆直指向前方路肩停靠的車。「前輩，請看那裡，那輛車是有錢人坐的加長型禮車喔。好大耶～～感覺有三輛小型警車那麼長。到底是誰坐在車上呢？」

嘴裡這麼說的她，像是被磁鐵吸引的金屬零件，筆直走向那輛高級車。麗子驚慌地在後方叫她。「哇，不……不可以啦，愛里！我的……更正，別人的車不可以擅自偷看。妳好好想想！萬一車上坐著恐怖的男人怎麼辦——對吧，會很頭痛吧？」

「咦～～沒問題啦～～因為我們是警察啊～～」

「是沒錯啦，不過……」愛里，稍微察言觀色好嗎？

麗子拚命以視線示警，愛里卻毫不在意，以充滿好奇心的雙眼看向加長型禮車駕駛座。為了阻止她，麗子自己成為牆壁擋在後輩面前，愛里隨即一反平常溫吞的模樣，以無法想像的撟捷動作想鑽過麗子的防守。雙方無意義的攻防持續一陣子之後，愛里突然想到什麼般笑咪咪的，若無其事再度朝人行道踏出腳步。

麗子鬆了口氣。「呼，太好了，看來妳放棄了。」

「不，我清楚看見開車的人了——」

「是……是嗎？」麗子藏起內心的慌張。「所以，是什麼樣的人？」

「前輩說得沒錯，是穿著黑衣服的恐怖男人。」愛里壓低聲音向麗子悄悄這麼說。「他肯定是在那裡等一位更恐怖的大哥大。」

「這……這可不一定吧？」麗子露出僵硬的笑容。「說不定，他在等的是一位超可愛的有錢大小姐吧……」

後來經過不到一分鐘，麗子停在人行道上輕聲拍手。

「啊，對了，愛里，我想起有事情要辦，所以就此告辭……咦，什麼，妳說約會？傻……傻瓜，不是那樣啦……就說不是約會了，真的啦……真的不是……不不不，我說不是就不是！啊啊真是的，這種事一點都不重要吧！拜託妳先走，快點快點！」

這個後輩明明平常溫吞，卻只在這時候像是追查真凶的老鳥刑警般展現堅定意志。好不容易委婉趕走愛里之後，麗子鬆了口氣，快步沿著剛才路線往回走，主動走到剛才那輛加長型禮車。

駕駛座車門隨即像是等待已久般開啟。下車的是身穿黑色西裝戴眼鏡的高瘦男性——影山。他為麗子打開後座車門，恭敬行禮。

「等您好久了，大小姐。」

「謝謝。總覺得害你多等了一段時間。」麗子如此回應，以優雅動作坐進加長型禮車後座，然後揚起嘴角朝他一笑。「愛里覺得你是『恐怖的男人』喔。」

「呃，愛里覺得……屬下是……？」影山頓時像是聽不懂這句話，手指扶住鏡框，沒多久就像是想通般看向人行道。「啊啊，那麼剛才那位酒醉女性，就是新到職的若宮刑警吧。原來如此，是這麼一回事啊。」

看起來像是喝醉嗎？麗子暗自苦笑。反觀影山謹慎關上後座車門，回到自己固定所坐的駕駛座。

——不，她並沒有喝醉！

一無所知的若宮愛里完全誤會了，這輛加長型禮車可不是「恐怖大哥大」的車，是寶生財閥總裁寶生清太郎的女兒，名副其實「超可愛有錢大小姐」麗子的專車。因此開車的黑衣男性影山不是幫派分子或拿錢辦事的隨扈，是寶生家的正式僱員，正確來說是駕駛兼管家。

雖然不知道有沒有三輛小型警車那麼長，但總之車身很長的這輛高級加長型禮車，影山以熟練的技術起步駕駛。

後座的麗子立刻取下工作用的平光眼鏡，將不起眼束在頭後的長髮解開。雖說身上的衣服依然是平凡褲裝，不過現在心情已經是大小姐模式。畢竟這裡沒有礙眼的上司，也沒有少很多根筋的後輩。感覺完全解脫的麗子，向駕駛座的管家下令。

「影山，隨便在這附近繞繞，我要想一些事。」

「遵命。」影山以沉穩聲音回應，將行駛路線改成多摩川方向。

麗子眺望窗外流動的夜景，試著重新思考這次的事件。不過老實說，她不知道該如何思考。說起來，本次事件的重點是什麼？果然是密室嗎？不過這個謎已經解開。那麼是死前訊息嗎？這明顯指的是中田雄一郎。總覺得早就沒有思考的餘地，麗子卻不知為何感到納悶。

大概是擔心沉思的大小姐心情不好，或是無法克制自己內心看好戲的心態，握著方向盤的管家緩緩開口。

「大小姐，請問怎麼了？難道辦案遇到瓶頸了嗎？這次的事件有這麼難解的謎團嗎？」

「不，並不難解。雖然姑且是密室殺人，謎團卻甚至算是簡單的。是連那個風祭警部都能在半天內識破的超平凡真相。是的，不過這部分反而令人在意。總覺得事情過於順利，應該說太好懂了……」

「您覺得是蓄意使然嗎……？」

「也對。確實如你所說，感覺像是巧妙照著某人寫的劇本在走。不過只有我一個人這麼覺得。風祭警部看起來完全不認為哪裡奇怪，愛里也大同小異……」

「那麼大小姐，關於這個簡單又平凡的密室殺人，要不要試著向屬下詳細說明一次？或許說完就會有新的發現喔。」

確實如此，或許會有新的發現吧。影山是寶生家的傭員，但在辦案的時候，這個男人的推理能力凌駕於專業刑警之上。然而他的推理能力需要支付代價，至今麗子屢次嘗受到不講理的屈辱，這也是事實。可以的話，希望不靠他的助力就破案，這是麗子毫不虛假的真心話。

被迫進行苦澀選擇的麗子「唉」地嘆了口氣，然後像是展現大小姐的威嚴，以犀利語氣一口氣這麼說。「我知道了。既然你這麼說，我就詳細說明吧。但是別誤會啊，我始終只是因為你想聽才說給你聽，並不是希望你協助，拜託你解謎或是想要你告知凶手是誰，我連一丁點都沒這麼想！」

麗子在這段倔強話語背後實際想要的東西，這名管家當然看得一清二楚。證據就是隔著後照鏡看見的影山表情「呵」地露出從容的笑。然後他就這麼面向前方低聲說。

「好的，大小姐，請安心說明吧。屬下只是想聽事件內容，絕對不會提供協助，也不會解謎，更不會告知凶手是誰——」

——不不不，這樣我就算說明也完全沒意義吧！

麗子在心中低語，開始說明事件的細節。

7

即使寶生麗子將事情原委說明完畢，影山也沒透露自己的想法。

如同當初的宣言，他完全沒解謎，也沒告知凶手是誰。不，說不定是沒解開謎團，不知道凶手是誰。也可能風祭警部述說的推理是唯一解答，他想不到可以補充什麼細節。

到最後，就這麼沒有任何協助破案的新發現，載著兩人的加長型禮車回到寶生邸。麗子懷著掃興的心情下車回到宅邸。

脫掉拘謹的套裝，沖過熱水澡的麗子搖身一變，換上大小姐風格的粉紅連身裙——好啦，那就來喝酒吧！

如此心想的麗子朝客廳踏出腳步。然而這時候突然——

「大大大……大事不妙了，大小姐！」

黑衣管家臉色大變衝進房間。直到剛才冷靜沉著的言行舉止，難道是忘在加長型禮車駕駛座嗎？影山嘴脣顫抖，看起來慌張至極。

「老……老爺他……清太郎老爺他……」

「咦，什……什麼事，影山？父親怎麼了？」

「這……這真的是天大的事情……總……總之可以請您立刻過來嗎？」

影山說得完全不得要領，抓住麗子手臂拉著她離開房間。雖然不太清楚，不過父親肯定出了什麼大事。如此心想的麗子默默跟著影山。黑衣管家小跑步穿過走廊，跑下階梯，從玄關衝到屋外，橫越遼闊的院子前進，最後映入眼簾的是悄悄落於腹地一角的木造小屋。令人誤認是置物室的小小建築物。

——哇，原來我們家院子有這種小屋！我都不知道！

意外的事實令麗子難掩震撼。影山向這樣的她說明。「這間建築物是某段時期沉迷園藝的老爺，為了獨自靜靜玩土而特地蓋的園藝小屋。老爺不再熱中園藝的現在，就像這樣閒置了。」

「唔～～很像父親的個性……」麗子輕聲說著看向眼前的小屋。為數不多的玻璃窗安裝鐵窗，窗簾完全拉上。看來室內沒有燈光。「所以這間小屋怎麼了？父親在哪裡？」

對於麗子的問題，管家以正經八百的表情回答。

「是。老爺在這間建築物裡重傷到奄奄一息。一把尖刀插在他的側腹……」

「…………」原來如此，是這麼一回事啊……

麗子立刻理解這場騷動的主旨。她覺得內心鬆了口氣，另一方面也完全摸不著頭緒。「欸，我身邊的男人們是從什麼時候這麼愛演戲？可以表現得稍微正常一點嗎？」

「演戲？大小姐，您在說什麼？」影山以指尖輕推眼鏡，表現出堅持裝傻的態度。他走到園藝小屋的入口，站在木製的門前。門上有金屬門把，下方看得見鑰匙孔。影山將手放在門把，口喊「啊！」做出明顯作戲的反應，看向麗子誇張大喊。

「大事不妙，大小姐！看來這間建築物唯一的入口上了鎖，這樣我們進不去！」

「哎，我想也是。」如果這是命案的「重現影片」，當然會是這種演變——在心中如此低語的麗子，姑且也確認門的狀態。她將門把往下按，試著推門與拉門，但是門動也不動。「看來確實上了鎖——也就是和下入佐家倉庫當時的狀況一模一樣。」

「正是如此。」影山一副正合我意般深深點頭。下一瞬間，他看向麗子，厚著臉皮對她下了一個命令——即使身為管家，身為傭員，卻對身為大小姐的麗子下令。

「那麼，大小姐，請您立刻回到宅邸拿備用鑰匙過來。」

「啊？我為什麼要被你頤指氣使？這是你的工作吧？你去拿啦。」

「確實是這樣沒錯，但是由屬下去拿的話，事情會變得不一樣。這時候懇請大小姐理解這麼做的用意，回去拿備用鑰匙過來。」

總歸來說，看來是要我飾演發現屍體時的田口鮎美。

如此解釋的麗子，無奈決定照管家的命令行事。

「知道了，我去拿備用鑰匙過來——所以鑰匙在哪裡？」

「備用的鑰匙串，在屬下房間進去之後右邊……」

——既然這樣，還是你自己去拿吧！

麗子實在無法接受，但還是不情不願跑回宅邸。備用鑰匙串位於影山所說的場所。麗子甩動鑰匙串發出聲響，再度回到園藝小屋。此時黑衣管家完全是等候多時的模樣。他倚靠在建築物外牆，心不在焉眺望月亮高掛的國立市夜空，悠閒得實在不像是「老爺奄奄一息」的狀況。

麗子跑到他身旁，說著「好啦，我幫你拿來了」，交出備用鑰匙串。

影山再度變成「劇團演員模式」表達謝意。

「謝……謝謝您，大小姐。這樣老爺也能得救吧。」

——不，如果這是實際的案件，他肯定已經死了！

影山無視於一臉掃興的麗子，始終維持嚴肅表情。他接過鑰匙串找出要用的那一根，插入門上的鑰匙孔轉動，隨即發出喀喳的金屬聲響。影山抽出鑰匙，抓住門把要推開門。然而——

「啊啊，大小姐，還是不行！門打不開。即使解鎖依然打不開門！」

「咦，真的嗎？」麗子半信半疑，自己握住門把試著開門，卻如影山所說打不開。「這是怎麼回事？難道是門從裡面掛上門閂？」

「或許吧。」影山說著再度將鑰匙插入鑰匙孔，轉動兩三次之後試著推門，但門還是打不開。影山示範完畢之後，看向麗子搖了搖頭。「果然再怎麼試都不行。看來只能認定裡面有掛上門閂。」

「……也對。」這麼一來，這根門閂是誰用什麼方法掛上去的？總不可能父親真的在小屋裡，「友情客串」這齣鬧劇吧？

好幾個疑問在麗子腦海奔馳。她面前的影山已經稍微遠離門，像是即將開打的相撲力士壓低重心，以這個姿勢瞪向前方的門。

麗子驚覺不對。「等……等一下，影山，難道你……！」

──要撞開這扇門嗎？這樣你一定會受傷的！

麗子還沒喊出這句話，勇敢的管家真的開始撞門。

「呀啊！」發出簡短尖叫聲的麗子前方，管家的黑色身影彷佛子彈筆直衝向建築物，沒把擋在前方的木門看在眼裡，一撞就漂亮撞開。煞不住力道的身體就這麼滾進陰暗的室內。

「影……影山，沒事吧！」

麗子跑進室內，總之先摸索入口附近的牆壁。手指摸到開關一按，狹小的室內就充滿日光燈的燈光。影山趴在地上。

「呃，嗯，屬下沒事……一點問題都沒有……」

管家笑著回答，但他的西裝頭凌亂不堪，原本充滿知性的眼鏡像是逗人笑般斜掛在鼻梁。影山調整好眼鏡的位置之後，像是在尋找什麼般左右張望。下一瞬間──「啊啊，老……老爺！」

影山如此大喊，不知為何以雙手小心翼翼抱起倒在地上的小熊布偶，然後將耳朵貼在布偶左胸，確認小熊的心跳聲。最後他抬起頭，以一臉錯愕的表情輕聲說。

「不行……死掉了……」

——不對，那個本來就不是生物！是布偶！

麗子以冰冷的視線看向專注表演的管家。

「我知道了。總歸來說，這就是重現下入佐家倉庫發現屍體時的狀況吧？」

「正是如此。」影山像是突然從夢中醒來般迅速起身，將手上的小熊布偶隨便扔到地上，說出早已知道的事實。「死亡的是下入佐勝先生，不是寶生清太郎老爺。」

「這樣啊，聽你這麼說，我就安心了。」

麗子挖苦說完，重新走向開啟的門。環視周圍，不遠處的地面有一根木棒。木棒從正中央斷成兩截，看來它剛才完成了門閂的職責。這也和案發的倉庫一模一樣。

麗子以指尖拿起折斷的門閂棒。她將木棒拿給管家看，說出剛才腦中浮現的疑問。「影山，你是怎麼從裡面掛上這根門閂的？你不可能是從裝了鐵窗的窗戶進入室內吧？」

黑衣管家隨即靜靜走到麗子面前，以指尖輕推眼鏡，然後注視她的臉開口。

「啊啊，大小姐，難道您剛才分神沒注意看嗎？還是說——您美麗的雙眼是薩摩切子的工藝品？」

瞬間，麗子表情不悅。「唔唔唔！」她用力咬緊牙關瞪向眼前的管家，然後終於忍不住憤怒大喊。「你……你說什麼？居……居然說我的眼睛是薩摩切子的玻璃工藝……那……那不就是……那不就是說……咦？這難道是稱讚？我被稱讚了？」

麗子一臉詫異指向自己。管家隨即將手按在胸口，露出溫柔的笑容。

「那當然！屬下讚不絕口。屬下努力將發現屍體的場面重現給大小姐看，但是您似乎完全沒發現哪裡有問題。這麼一來，只可能是大小姐分神沒注意看，或者是毫無觀察入微的眼力……」

「果然在損我吧！」這次麗子確定被瞧不起，再度火冒三丈。「說我毫無觀察入微的眼力是怎樣？我確實親眼看見了！並沒有分神！」

「確定沒錯嗎？」

「嗯，確定沒錯。不只是看見，我還親自推門確認過。對，門確實上了鎖，也從裡面掛上門閂……」麗子說到一半，忽然受到不安的驅使，重新看向影山。「咦……我錯了嗎？」

「是的，說來可惜，大小姐大錯特錯。」

影山緩緩搖頭，帶著麗子再度走出小屋，然後重新指向木門。「大小姐，您一開始來到這裡的時候，這扇門是鎖住的吧？」

「嗯，沒錯。至少門確實打不開。」

「不過就算門打不開，也不一定有上鎖。」影山說著從黑西裝口袋取出某個褐色物體，在狐疑注視的麗子面前展示。「這是單純的橡膠板。比方說，把這種橡膠製作的物體硬塞到門板與門框之間，門就會暫時無法開關——您看，就像這樣。」

影山將手伸到半開的門板上緣，將橡膠板夾在門板與門框之間，然後用力強行關門。門以關閉的狀態固定了。即使麗子稍微用力推，門依然動也不動。原來如此。麗子點了點頭。

「換句話說，我看到這個狀態的門，太早認定門是鎖住的。那麼……」如果如影山所說，這是重現案發倉庫發現屍體的場面——「田口鮎美發現屍體時，也和我一樣太早下定論？」

「大小姐所言甚是。」影山靜靜點頭。「而且屬下強硬命令大小姐去拿備用鑰匙——大小姐毫不猶豫就回到宅邸拿備用鑰匙。」

「哎，以我的狀況是不情不願就是了。不過田口鮎美肯定毫不猶豫就去拿。說起來，下入佐家的備用鑰匙，只有親女兒鮎美知道放在哪裡。園山慎介明知這一點才對鮎美這麼指示。鮎美當然按照他的指示跑回主屋——那麼，獨自留下來的園山做了什麼？」

如今討論的已經不是麗子與影山的言行，而是田口鮎美與園山慎介發現屍體時的狀況。影山一邊示範，一邊說明園山當時的行動。

「獨自留在原地的園山用力推開門，取下橡膠製的物品——就像這樣。然後將這個物體收進衣服口袋，或是扔到倉庫的破銅爛鐵裡面吧。無論如何，藏好證物之後，這次他正常關上門，靜心等待田口鮎美回來。」
「這時候的門沒上鎖吧？」
「是的，完全沒上鎖。此時鮎美拿著備用鑰匙回來了。園山從她手中接過備用鑰匙插入鑰匙孔，轉動鑰匙解開門鎖——看起來是這樣，其實相反。園山轉動門鎖的這時候，案發現場的門才首度上鎖。」
「既然門上了鎖，那麼再怎麼推都推不開了。」
「是的，面對這扇打不開的門，園山恐怕是這麼說的。『肯定是從裡面上了門閂』——鮎美聽他說完也親自確認門打不開，因而相信園山的說法。如同大小姐剛才全盤相信屬下的謊言！」
「居然說謊言，你啊……」明明是你自己騙我還這麼說！麗子大為不滿，但她確實相信了影山的謊言，所以沒進一步責備。不提這個，先解開命案之謎比較重要。
「總歸來說，門只是被鎖住，並不是用門閂卡住打不開。即使如此，園山還是以巧妙的演技讓鮎美堅信倉庫從內部上了門閂。就是這麼回事吧？」
「沒錯。這正是園山設下的陷阱。」
「所以呢？後來園山做了什麼？」
「啊啊，大小姐。」影山朝麗子投以試探般的視線。「如果大小姐剛才真的沒分神看旁邊，屬下的行動肯定成為提示……」

聽他這麼說，麗子搜尋稍早的記憶。

面對以備用鑰匙也打不開的門，影山到底做了什麼？這麼說來，他當時再度將備用鑰匙插入鑰匙孔，然後轉動鑰匙兩三次，說著「果然再怎麼試都不行……」這種煞有其事的話語。

當時感覺這是自然而然的反應，如今卻覺得是非常可疑的行為。麗子打響手指回答。

「我知道了。你當時轉動鑰匙，假裝就算這麼做也打不開門。不過實際上是在那個時候偷偷解鎖了。」

「完全如大小姐所說。而且發現屍體時的園山大概也做了相同的行為。不過他在警察面前當然不會這樣供述吧。」

「田口鮎美供述的時候，好像也沒提到這件事。難道是她在關鍵時刻分神看旁邊嗎？」

「確實有這種可能性。或者是從鮎美的角度來看，園山的行為只是不太重要的確認工作。這麼一來，即使她在警察面前省略這件事也不奇怪。」

「確實沒錯。」案件的相關人物不一定會將雙眼看見的一切據實告訴警察。「我知道了，之後我再向鮎美本人確認——然後呢？」

麗子催促繼續說明，影山平淡說下去。

「之後的事情，大小姐您應該也知道得差不多了。是的，園山主動撞門，撞那扇沒上鎖也沒上門閂的門。門當然一次就被撞開，園山大概煞不住力道滾進倉庫吧。在這個時候，打開的門邊地上是折斷的門閂木棒。看到木棒的鮎美，肯定認為是剛才被園山撞斷的。不過實際上，這是園山在更早之前，恐怕是在前一天晚上就故意扔在現場的東西。」

「是的，前一天晚上……也就是下入佐先生被某人殺害的晚上……」

這個人的真實身分如今呼之欲出。

麗子心領神會點了點頭，黑衣管家將手按在胸口恭敬鞠躬。

8

站在園藝小屋的對話告一段落，寶生麗子和影山一起回到宅邸。

麗子在寬敞的客廳坐在豪華沙發休息。管家影山隨即為她送上高級葡萄酒。麗子接過酒杯享用葡萄酒，同時重新在腦中仔細研究影山剛才的推理。

依照影山的推理，殺害下入佐勝的真凶是園山慎介，而且他在行凶隔天早上假扮成第一發現者，巧妙操控田口鮎美的行動與心理，讓鮎美完全相信倉庫是密室。

確實，只要使用影山示範的手法，園山的犯行就可以成立。不過還有一些不明之處。

麗子像是整理自己的思緒般開口。

「園山慎介的妻子是下入佐先生的長女，所以從遺產繼承的觀點來看，下入佐先生死亡對園山有利。可以認定這是行凶動機嗎？」

「恐怕是這樣沒錯。」影山點點頭說明事件過程。「行凶當晚，園山應該是一開始就預謀殺人，偷偷帶著凶器尖刀前往下入佐家，然後以『讓我看看您自豪的寶物』這種說法巧妙引導下入佐先生，讓他打開倉庫的門鎖。緊接著，園山趁機拿尖刀朝著下入佐先生的側腹一捅，想必立刻造成大量出血。」

「並不是內出血之類的，被害者遇刺之後立刻就正常流血是吧。」

麗子呢喃般低語，主動接話說下去。「後來園山怎麼做呢——啊啊，對了，他為了將命案偽裝成是強盜想搶寶物而下毒手，所以在倉庫裡翻找，拿走其中最值錢的薩摩切子玻璃壺。然後園山折斷門閂扔到地上，為隔天早上的密室詭計做準備，並且將橡膠製作的某種物體夾在倉庫的門板穩穩固定——嗯？」

這一瞬間，麗子感覺某些事情想不透，眉頭深鎖。「可是等一下，園山為什麼要做這種事？說起來，他將倉庫偽造成密室的理由是什麼？」

「啊啊，大小姐，您提的這個問題真的很出色。」影山露出笑容大為讚許。「凶手將現場偽造成密室的理由。一般來說，是為了讓人相信倒在現場的屍體是自殺或意外死亡。」

「沒錯。不過以這次的案例，任何人看見下入佐先生的屍體，都不會認為是自殺或意外死亡。這是當然的，因為薩摩切子的壺被偷了，不可能是自殺或意外死亡。既然這樣，我覺得即使偽造成密室也完全沒意義……」

「是的，正如大小姐所說，偽造成密室也沒有意義。實際上，園山並不是想把現場偽造成密室。」

「唔，什麼意思？」

「園山不是要將現場偽造成密室，而是想偽造成內出血密室。」

「不是密室……而是內出血密室……？」

「是的。車庫留有少許血跡，同樣的血跡也殘留在倉庫入口附近，還有先前為您說明的折損門閂。這一切都是園山親手偽造的假線索。目的大概是要誤導警方將這場密室殺人的真相推理為內出血密室。屬下是這麼認為的。」

「原……原來如此。這樣啊。換句話說，風祭警部述說的推理正中凶手的下懷。警部——以及我與愛里——都被園山玩弄於股掌之間。」

其實麗子心中一直有這種印象。如同按照某人劇本在走的奇妙感覺。這個印象果然沒錯。麗子思考著這種事，喝了一口葡萄酒，然後再度歪過腦袋。

「不過，我還是不懂。園山為何不惜費盡心思，想讓我們認定現場是內出血密室？這麼做到底有什麼好處？」

「啊啊，大小姐，當然是為了死前訊息喔！」

影山以興奮的語氣回答。麗子不明白他為什麼興奮。

「死前訊息？寫著『中田』的血字是吧。那又怎麼了？既然園山是真凶，那兩個血字當然是他親手偽造的吧？」

「是的，您說得沒錯。園山想讓經營古董店的中田雄一郎先生背黑鍋。園山恐怕是從認識的管道打聽到中田先生很想要薩摩切子的壺，所以他拿走那個壺，在屍體旁邊留下『中田』兩個字。不過正如大小姐也知道的，死前訊息總是和偽造或篡改脫不了關係，沒什麼當成證據的價值。」

「是啊，死前訊息確實只是這種程度的玩意兒——啊，對喔！」麗子不禁在沙發上大叫，手上的玻璃杯差點順勢濺出紅色液體。「我懂了。所以才是內出血密室吧。內出血密室的被害者是將自己關進密室，一個人慢慢死去。所以在內出血密室裡，凶手無法偽造或篡改死前訊息——」

「嗯，不愧是大小姐，真是明察秋毫！」影山以肉麻話語稱讚麗子，接話說下去。「正如大小姐所說，在內出血密室的狀況下，被害者留下的死前訊息，凶手連一筆一畫都不可能追加。結果不得不認定這段殘留的訊息可信度很高。風祭警部腦中恐怕也是這麼想的吧。正因如此，警部在本次的事件，將『中田』這兩個血字——

平常應該不會那麼重視的這種線索——重視到不必要的程度。結果他貿然做出錯誤的結論，認為中田雄一郎先生是真凶。這正是園山慎介的目的。」

影山恭敬鞠躬，結束一連串的推理。

麗子照例只能對這名管家的機智、推理能力以及想改也改不掉的惡劣個性感到嘖嘖稱奇。

實際上，他肯定在加長型禮車裡聽完麗子說明事件細節之後，就立刻看穿事件真相——既然這樣就在車上正常說明好嗎？不要特地三更半夜帶我去園藝小屋演那齣奇妙的小劇場啦！

麗子在內心爆發不滿。不過比起這種事，想到今後壓在自己肩膀上的重責大任，麗子忽然覺得心情沉重。

「你剛才的推理，接下來必須由我告訴風祭警部。可是這樣將會否定警部先前充滿自信說出的推理。唔～～這下麻煩了。只希望丟盡面子的警部不要惱羞成怒……」

「大小姐，您這份擔心是對的。」影山深深低下頭，將臉湊到坐在沙發的麗子旁邊，然後像是朝她耳語般說。「那麼恕屬下冒昧，您要將剛才的推理告訴警部時，屬下給您一個建議。」

「咦，什麼什麼？怎樣的建議？」

「不是什麼困難的事情。『千萬別在若宮刑警在場的時候說明』——只有這一點請您務必小心。否則警部的尊嚴真的會像是玻璃工藝品一樣摔得粉碎吧。」

「也……也對，你說的確實沒錯。」該說不愧是影山嗎，這真的是助益良多的建議。「——謝……謝謝你，影山。」

麗子不同以往，率直道謝。

「不敢當。」影山靜靜鞠躬如此回應。

第三話　墜樓的屍體何處來

1

「這道是今晚的主菜，香煎高級鵝肝。請搭配特製的蔓越莓酸醬享用——」

如同由沉穩的低音引導，迷人的料理散發芳醇的香味出現在眼前。瞬間，寶生麗子高挺的鼻子起了反應，原本就偏大的雙眼睜大到平常的一倍半。

前菜的鮭魚凍派是極品，鮮蝦濃湯也是傑作。不過新端上桌的鵝肝魅力簡直是不同層級。近乎神聖的焦痕，獨特的耀眼光澤。這正是高級法式料理的最終兵器，餐桌的統治者，稱為套餐料理最強大魔王也不為過吧。鵝肝由於生產方式殘酷，是動不動就引發爭議的食材，不過麗子先把複雜的問題趕到意識角落，將叉子插入眼前的美食下刀。

畢竟最近忙於工作，總是晚上九點之後返家，每天的晚餐時間都延到晚上十點之後。肚子餓到幾乎餓過頭了。不過，就在這個時候——

麗子放在一旁的手機發出不識趣的來電鈴聲。

「真是的，在這麼重要的時候是什麼事啊！」麗子不情不願放下刀叉，拿起手機檢視畫面。緊接著，她表情稍微僵住，像是沒看見任何東西，手上的手機畫面朝下，輕輕放回餐桌。「……」

「那個，大小姐，那通電話，您接一下比較好吧？」在一旁待命的管家影山按著眼鏡邊框提出建言。「即使來電的是風祭警部，即使對話內容對於大小姐來說是壞消息，就這麼當空氣還是不太好……」

「我……我知道啦，沒人說要把這通電話當空氣吧！」而且啊，區區管家不准對大小姐說出「當空氣」這種字眼！

麗子斜眼瞪向出言不遜的西裝管家，終於將手機抵在耳際。正如影山猜測，來電的正是風祭警部。麗子以部下應有的語氣接電話。

「是，我是寶生。」

『啊啊，是我，風祭。抱歉突然打電話，不過寶生，妳正在哪裡做什麼？』

「那個，我正在家裡吃遲來的晚宴……不對，是晚餐。」

『這樣啊，所以是在吃晚飯。可以順便問一下妳晚飯吃什麼嗎？』

「…………」當然不可以吧，笨蛋！這是一定要保密的私人情報！麗子瞬間這麼想，卻立刻改變主意，以正經八百的語氣回答。「今晚我正要享用香煎鵝肝佐蔓越莓酸醬，請問怎麼了嗎？」

『什麼，鵝肝……哈哈，這樣啊。那麼真抱歉打擾妳享用大餐。』

麗子毫不虛假的話語，風祭警部似乎解釋成愉快的玩笑話。

警部是「風祭汽車」創業家的兒子，但是到現在都不知道自己的部下是「寶生集團」總裁寶生清太郎的獨生女，因此經常做出有所誤會的言行舉止。這時候的他聽麗子說出「鵝肝」時，好像也以為這是女性暗中央求，突然開口邀約。

『啊啊，寶生，這麼說來，最近很熱門的一間餐廳開在我家附近，聽說會提供頂級鵝肝，所以如何？改天和我一起去那間店享用晚……』

「不用了，感謝邀請。」麗子沒聽警部說完就拒絕。「我其實不喜歡吃鵝肝——話說警部，您打這通電話有什麼事？」

『當然是來電邀妳去法式料理名店用餐喔。』

「怎麼可能啦！肯定是基於別的原因，應該是有什麼急事吧？」

『唔……啊啊，沒錯沒錯，確實如妳所說。』就像是終於喚回記憶，警部改變話題。『沒錯，寶生，大事不妙。據說某棟住商大樓發現墜樓的男性屍體，我是想告訴妳這件事，剛才差點就忘了。』

「…………」警部，你為什麼差點忘記這麼重要的事？

『就是這麼回事，所以雖然可惜，不過請妳之後再吃晚飯，現在立刻趕到現場。我也會立刻過去，現場見。』

警部留下發現屍體現場的地址之後結束通話。麗子就這麼拿著手機迅速站起來。影山以受到某種打擊的表情看向麗子。

「屬下一直不知道，原來大小姐不喜歡吃鵝肝……屬下甚至以為您是『超愛鵝肝的狂熱者』。非常抱歉。」

「不，我並不討厭。」就算這麼說，卻也稱不上「超愛鵝肝的狂熱者」就是了。不提這個——「影山，準備出車。不是加長型禮車，要夠快的車子！」

麗子還沒說完，就逕自要衝出餐廳跑向玄關。黑衣管家連忙在後方叫住。

「啊，大小姐，請留步！」

「什麼事？」

「您要以這身服裝出動嗎？保證會基於負面意義引人注目喔。」管家說完露出壞心眼的笑。

驚覺不對的麗子，身上是名門大小姐風格的粉紅連身禮服。這是她平常穿的衣服所以在所難免，不過確實不能穿這樣趕往現場吧。

「啊啊真是的，好麻煩！」

麗子扔下這句話，暫時回到自己房間，一七〇秒就換裝完畢，穿著國立警署刑事課所屬調查員形象的黑色套裝加平光眼鏡衝出玄關。眼前的BMW最新車款已經響起引擎聲待命。她一坐進後座，在駕駛座等候的影山以冷靜聲音詢問。

「所以大小姐，今晚的案發現場在哪裡？」

「立川市的錦町。鬧區外圍的住商大樓。叫做『立東大樓』……」

影山一邊聆聽麗子說明，一邊打著方向盤猛踩油門急速起步。BMW載著兩人發出刺耳的輪胎聲，衝出寶生邸的大門——

2

案發現場的錦町，位於橫越立川市的中央線南側。鄰近JR車站很方便，不過距離JRA（日本中央競馬會）的場外賽馬券賣場更近更方便（？），是頗為雜亂的地區。

矗立在周圍的是以餐飲店為主的住商大樓與辦公大樓，也有許多老舊公寓。今晚已經十點多，人行道上趕著回家的酒客很顯眼。

此時，擋風玻璃前方發現異常的人群。看來那裡就是立東大樓。

「影山，停車。」麗子後座下令之後，慢速行駛的BMW靜靜停在路肩。麗子制止管家，自己從後座開門下車。「那我過去了——那份鵝肝，你就吃掉吧。不然很可惜。」

麗子這段話透露遺憾之意。駕駛座的影山背對著她，「屬下會為了超愛鵝肝的大小姐保留下來——」他說出貼心又多餘的話語。

「我沒有特別喜歡或討厭啦！」麗子嘛嘴下車。「好了，快走吧！」她說完稍微用力關門。

目送BMW駛離之後，麗子撥開看熱鬧的人群，鑽過印著「禁止進入」的黃色封鎖線。看來案發現場不是住商大樓，是旁邊的停車場。

是一座露天停車場。占地大約八輛自用車就會停滿，三個方向被大樓環繞。站在道路看過去的左手邊是四層樓高的立東大樓，左邊是高度差不多的公寓。矗立在深處的是比這兩棟高一點的大樓。只看得見大樓背面，所以不清楚是什麼建築物。

不過，總之問題在於左手邊的住商大樓。距離建築物約一公尺的地面，躺著一名大字形的男性。

黑色運動服加上卡其色的斜紋褲，腰部繫著一條粗腰帶。年齡約三十多歲。看起來體格高大，身高應該超過一八〇公分。上半身肌肉發達，尤其胸膛厚實到隔著衣服也清晰可見。男性似乎是後腦勺重摔在地面，大量鮮血以該處為中心噴濺在柏油地面。

「這麼說來，警部確實說過是墜樓屍體……」

麗子一邊確認住商大樓和遺體的相對位置，一邊逕自點頭。身穿灰色褲裝的菜鳥女刑警走到她身旁。是麗子的可愛後輩──若宮愛里刑警。「啊啊，前輩，妳是來為我加油吧，太好了～～」

不，我不是來為妳加油，只是接到上司的命令趕來。「嗯，我來了。畢竟交給妳處理的話，我會擔心。」

總之麗子裝出前輩風範，然後將指尖抵在平光眼鏡。

「所以，現在是什麼狀況？」

「死亡男性的身分還沒有查明。第一發現者是住在旁邊公寓的中年男性上班族。從公司回家的他，在晚上十點整將車子開進這座停車場，當時他聽到『咚』一聲像是某種物體落地的聲音。嚇一跳的中年男性連忙環視周圍，發現停車場邊緣躺著一名男性。他慌張跑過去一看，倒地的男性已經是這種狀態……」

若宮刑警轉過頭去，只以指尖指向遺體的悽慘模樣。

「緊急報警的也是這位中年男性。死亡的男性大概是從這棟住商大樓的樓頂跨過鐵柵欄摔下來的。」

麗子像是沿著後輩的說明般仰望麗東大樓樓頂，然後交互看著建築物頂部與腳邊的遺體點點頭。原來如此，既然是從這棟大樓墜落，墜樓的屍體應該會倒在這座停車場邊緣。這一點看起來沒有任何矛盾。

「這麼一來，問題就在於死亡男性是自殺還是他殺了。」

麗子自認是以前輩立場指出問題點，不過接下來——

「不，前輩，這一點顯而易見。」

若宮刑警充滿自信般挺胸，麗子展現的前輩風範，風量立刻減弱到「微風」的等級。「愛里……更正，若宮，這是怎麼回事？」

「注意喔，前輩，請仔細看這裡。」若宮刑警和她自己說的不一樣，似乎不敢直視悽慘的遺體。她別過臉，以顫抖的指尖指向遺體。「妳……妳看，額……額頭右邊有個像是擦傷的痕跡對吧？有……有滲血吧？看，就是這裡。」

「唔～～若宮，雖然妳要我看這裡，但妳指的部位是遺體的脖子……」麗子以餘光看向可憐的後輩，再度面向遺體。「算了。額頭右邊是吧。啊啊，確實有一個像是擦傷的痕跡。換句話說，這名男性是後腦勺重摔地面造成致命傷，不過額頭也有其他外傷。」

「就……就是這麼回事。所以這名男性不是自殺。恐怕是被某人毆打額頭之後從樓頂推落。換句話說，這是他殺。這……這道傷痕顯然陳述了這個事實——是的，就是額頭的這道傷痕！」

「那裡不是額頭，是下顎啦，下顎！」愛里別怕，要好好看著遺體！麗子傻眼說下去。「看來確實如妳所說。如果是單純的跳樓自殺，不可能像這樣頭部前後同時受傷。那麼真正的犯罪現場是……」

如同要蓋掉麗子的低語聲，在這時候發出震耳欲聾的聲響，接近現場的黑色影子——不對，更正，是銀色光輝——是風祭警部的愛車捷豹。金屬銀色烤漆的英國進口車，反射點綴夜晚街道的七彩霓虹燈，將車身染成無法形容的色彩。從駕駛座下車的風祭警部，一如往常穿著像是好萊塢巨星的白色西裝，明明沒人要求卻和看熱鬧的人們握手或擊掌，從容跨過黃色封鎖線進入現場。

「嗨，寶生，還有若宮，我可愛的小貓們，抱歉讓妳們久等了。不過既然我來就不用擔心了。因為至今我參與調查的案件，從來都不曾變成懸案。那麼事不宜遲，我來看看問題所在的墜樓屍體吧……嗯嗯，這個男的嗎？原來如此原來如此……」

風祭警部擅自吹噓炫耀之後，擅自開始檢視墜樓屍體。兩名女性無視於他，彼此湊近暫時說起悄悄話。

「前輩，警部說妳是『小貓』耶。」

「傻瓜，警部是說『小貓們』，也包括妳喔。」

「不不不，我和警部的交情沒有久到被他這麼疼愛……」

「不不不，真要說的話，妳比較像是小貓吧……」

兩人抓準這個機會發揮謙讓的美德，全力將「可愛小貓」的稱號讓給對方。

另一方面，當事人風祭警部觀察遺體之後，露出像是掌握端倪的表情，從遺體旁邊起身。若宮刑警剛才告訴麗子的第一發現者證詞，也在這時候告訴警部。

「原來如此，我知道了。」

警部點點頭，再度面向兩隻小貓，一如往常得意洋洋開始說明。「妳們看，這名男性有後腦勺與額頭兩個部位受傷，一般的跳樓自殺不可能這樣。換句話說，這是他殺，肯定沒錯！」

「是的，其實前輩與我也在剛才……」

說過和警部一模一樣的結論——愛里，妳想這麼說嗎？

察覺到危險的麗子，手肘狠狠頂向後輩側腹。若宮刑警發出「嗚」的呻吟。警部似乎沒察覺任何異狀，繼續說出眾所皆知的推理。

「凶手恐怕是使用棍棒之類的物體──不，從傷口狀況來看，或許反而是某種粗糙的板子──使用這種物體攻擊被害者的額頭。這種擦傷當然不會致命，不過造成的傷害肯定足以讓被害者站不穩。然後凶手從高樓層的某個窗戶推落被害者……」

「咦，窗戶？」麗子連忙訂正上司的誤解。「那個～～警部，這棟立東大樓沒有任何窗戶面對停車場這邊喔──您看。」

麗子指向矗立在眼前的四層樓住商大樓。該處只有一整片的水泥外牆，完全沒有可以稱為窗戶的東西。是平坦的灰色牆壁。

警部見狀微調自己的推理。「沒窗戶的話就是樓頂。凶手是在樓頂毆打被害者，將他推落到地面。肯定是這樣。行凶現場是樓頂。」

「…………」是的，其實我與若宮刑警剛才也做出一樣的結論──如果可以這麼說，心情想必會很痛快吧。不過麗子無法像若宮刑警那麼隨興奔放，只能回應「原來如此～～」露出複雜表情點頭。

警部再度蹲在遺體前方，這次是檢查男性的隨身物品。黑色運動服沒有口袋之類的配件，不過卡其色斜紋褲有幾個大口袋。警部發現其中一個口袋有奇妙的隆起，拉開口袋拉鍊將右手伸進去，然後拿出一個相當令人意外的物體。

「這是什麼……這不是刀子嗎？為什麼受害者身上有這種東西……？」

詫異的警部握住刀柄，拔刀出鞘。刀刃長約十五公分，銀色的刀刃不知為何沾上一層薄薄的紅色色素。

「這……這是……血嗎？而且還很新。是鮮血……」

「是人血嗎？」麗子插話發問。

「我想應該沒錯……不過，為什麼沾血的刀子在被害者身上？拿著板狀凶器的凶手，以及拿著刀子的被害者。兩人是在這棟大樓的樓頂決鬥嗎？我完全摸不著頭緒……好，既然這樣……」

警部猛然站起來，將染血的刀子遞給部下之後下令。

「若宮，這個拿給鑑識人員。然後寶生，妳和我一起去。」

「這樣啊，要去哪裡？」

「那還用說嗎？」警部指著上方說。「當然是真正的犯案現場。」

3

麗子與風祭警部從停車場繞到立東大樓的正前方。四層樓高的住商大樓沒有電梯，看起來只有室外的鐵樓梯。兩人踩出金屬聲響前往樓頂。各樓層掛著拉麵店、女僕咖啡廳或是推拿店的招牌，不過現在這個時間都已經打烊。四樓的店鋪好像是算命店，但也一樣沒看見燈光。

刑警們繼續爬樓梯抵達樓頂。樓頂與階梯沒有以門或柵欄區隔，任何人只要想上來都可以自由來到樓頂。來到樓頂的兩人立刻環視四周。這裡是空蕩蕩的空間。只以鐵柵欄圍繞的這裡，除了擺放幾臺空調室外機就沒有特別顯眼的東西。當然完全沒有其他人影。

「嗨，寶生，終於可以單獨和妳相處了——」

「不要亂說話。來，往這裡吧，警部。」

麗子隨口應付差點離題的上司，走在陰暗的樓頂。警部「嘖～～」地咂嘴跟在她身後。兩人停在屍體發現位置的正上方區域，大致環視周圍。警部立刻開口表達不滿。

「什麼嘛，看來沒有決鬥的痕跡，也沒發現板狀的凶器。我原本期待——更正，想像會是血跡斑斑的犯罪現場，不過看來沒什麼異狀。」

「說得也是。」忍不住苦笑的麗子，假裝沒聽到上司的失言，走向鐵柵欄。

隔著停車場的正前方，看得見差不多高的四層樓公寓。從扶手探頭看向建築物下方，在下面的停車場，看見麗子的若宮刑警純真地揮動雙手。麗子一時之間猶豫要不要揮手回應，最後還是克制下來，朝上司露出嚴肅表情。「警部，無論如何，基本上應該可以確定被害者是跨過這條扶手掉下去的吧。」

「寶生，這就難說了。」說來意外，五官端正的警部搖了搖頭，指向左手邊矗立的白色高層大樓。「說不定，被害者是從這棟白色大樓被推落的。然後被害者的身體被大樓風吹得恰巧摔在立東大樓附近的地面。也可以這樣推測吧？」

「啊？不不不，這就不可能了吧。」麗子斷然否定。「墜樓屍體躺在距離立東大樓只有一公尺左右的地面。從這棟白色大樓的位置來看，墜落地點大致距離五公尺遠。被害者要是從白色大樓墜落，一般不會摔到那種地方吧？假設當時吹著強風，被害者在墜落途中被吹到立東大樓的方向，也肯定不會吹五公尺遠。說起來今晚也沒那麼強的風——」

「對。沒有起風！」

警部像是搶走麗子的話語般，以堅定語氣斷言。「今晚幾乎沒風。那麼可以認定墜樓的被害者沒受到風的影響，幾乎墜落到正下方的地面。換句話說，墜樓現場無疑是這棟住商大樓的樓頂。寶生，我當然從一開始就是這麼想的！」

「這……這樣啊……」警部，真虧你可以將一分鐘前的自己忘得乾乾淨淨！

麗子對於上司說變就變感到錯愕，輕聲嘆了口氣。此時她的視野一角注意到某個東西。「——哎呀？」

仔細一看，某個東西掉在不遠處的鐵柵欄旁邊。麗子走過去以雙手撿起來。「警部請看，好像有人最近在這裡吸菸。您看，這是當成菸灰缸的空罐，這是忘記拿走的打火機。」

空罐是咖啡罐，裡面似乎裝了幾根菸蒂。打火機是雕刻兔女郎圖樣的 Zippo 打火機。麗子把這兩件物品拿給上司看。

「和這個案件有關嗎？」

「不，還不能確定。因為有人偷偷在樓頂吸菸也不稀奇——總之這裡不用找了，先下去吧。」

就這樣，麗子與風祭警部離開樓頂。沿著室外樓梯下樓之後，一樓附近好像有點吵鬧。禁止進入的封鎖線也拉到立東大樓一樓，不過一名穿T恤的年輕男性隔著封鎖線和穿制服的巡警起爭執。附近也看得見若宮刑警的身影。

風祭警部露出不耐煩的表情。

「喂喂喂，怎麼了怎麼了，發生什麼事？」

他加重語氣這麼問，一臉為難的若宮刑警轉身回答。

「啊，警部～～這位男性擅自想進入大樓。」

「喔，這種人就傷腦筋了——是哪位？我來應付吧。」

「哼，你說誰傷腦筋了？我進去有什麼錯？」年輕男性擺出毫不退讓的強勢態度，朝警部挺起T恤胸膛。「因為我在這棟大樓工作！」

「喔，女僕咖啡廳嗎？」

「你為什麼會這麼認為？」男性板起臉湊向警部。「當然不可能是那裡。別看我這樣，我是推拿師喔。」

麗子想起在三樓看見的推拿店招牌。警部也露出詫異表情詢問。

「你現在要去三樓做什麼？推拿店肯定已經關了。」

「不，我沒要去三樓，我是想去樓頂。」

「唔，你說樓頂？」警部眼睛一亮。「這位先生，你要去樓頂做什麼？」

「不是什麼重要的事情，只是去拿我忘在那裡的東西。」

「喔，忘了東西啊。」一瞬間，警部咧嘴露出笑容，從麗子手中接過塑膠袋，將內容物拿到男性眼前。「你說的難道是這個品味很差而且下流到不行的打火機嗎？」

「對，就是那個！刑警先生，還給我，那是我死去老爸的遺物！」

「咦？啊，是這種東西啊……這，那個……哎，對不起！」警部終究也感到過意不去吧。他率直低下頭，為自己的不當發言道歉。「居然說品味很差或是下流，該怎麼說，那個，不好意思……」

警部，你就是多嘴才招致這種下場喔——麗子在內心低語。

「沒關係啦。」年輕男性說著伸出右手。「總之還我吧。」

但是警部在下一瞬間縮回手。「不，這可不行。」然後將裝在塑膠袋的打火機交給身旁的部下下令。「喂，若宮，這個打火機也交給鑑識人員。」

「是～～」若宮充滿活力回應，接過袋子之後小跑步離開這裡。年輕男性連忙朝著遠離的灰色套裝背影伸手。

「呃，喂，慢著慢著！喂，那是我的打火機，不准擅自拿去鑑定！」

「沒事的，不用擔心。調查完畢之後，打火機會平安交還給你。只要你不是凶手──先生，麻煩過來這裡，我就聽你詳細說明一下吧。」

聽到警部挑釁的話語，年輕男性也倔強回應。

「好，沒問題。反正我除了偷偷帶著菸，沒做任何虧心事。」

身穿T恤的年輕男性自稱村山聖治，三十三歲。問過幾個問題並檢查隨身物品之後，確認是在這棟大樓推拿店工作的推拿師。風祭警部立刻切入核心發問。

「你說最近才在這棟大樓的樓頂吸菸，是什麼時候的事？」

「推拿店在晚上九點半打烊。我做好回家準備之後，在自動販賣機買罐咖啡去樓頂，應該是九點四十五分左右。」

「什麼，晚上九點四十五分？」

警部一聽完就激動起來也是在所難免。第一發現者的中年男性，是在晚上十點整聽到「咚」的墜落聲又感受到地面震動，隨即發現墜樓屍體。換句話說，行凶時間可以認定是晚上十點。晚上九點四十五分距離被害者墜樓死亡還有十五分鐘，是相當微妙的時間點。

「你確定是這個時間嗎？」

「嗯，雖然沒看時鐘，不過我經常像這樣下班之後去樓頂，所以基本上是這個時間沒錯。」

「當時樓頂除了你還有誰嗎？」

「呃，怎麼可能？只有我會在那種地方偷吸菸。」

村山聖治說著不值得炫耀的事情挺起胸膛。警部嚥了一口口水。

「所……所以你到底在樓頂待到幾點？」

「這個嘛，當時的時間我不清楚。但警車的警笛聲逐漸接近，我莫名有種不祥的預感，所以匆忙離開樓頂。多虧這樣，我把重要的打火機留在樓頂……咦，刑警先生，你怎麼裝出這麼有趣的表情……」

警部並不是裝出有趣表情，只是將端正的臉孔扭曲成困惑的表情。不過這也是當然的。因為村山聖治的證詞，和麗子他們堅信至今的案件構圖毫不相容。

警部像是難以置信般搖了搖頭，接近眼前的男性。

「喂，先生，你說的是真的嗎？從晚上九點四十五分到警車的警笛聲接近，你一直待在這裡的樓頂是吧？而且在這段期間，樓頂除了你沒有任何人吧？你也完全沒看到身穿黑色運動服加卡其色斜紋褲的男性吧？」

「你說的那個男性是誰？我沒看見。」

「騙人，怎麼可能！喂，你果然就是凶手吧！」

上司正要撲過去揪住對方衣領的時候，麗子從後方架住他制止。

「請……請冷靜一點，警部，請冷靜！」

「唔，嗯……不，可是寶生，這樣我哪能冷靜？如果現在他說的都是事實，那麼這個案件究竟該怎麼解釋？」

風祭警部梳理剛才因為激動而變亂的頭髮，然後像是洩憤般說下去。

「在停車場躺成大字形的那名男性，其實是在晚上十點空無一人的樓頂墜樓身亡？怎麼可能有這種事！」

4

刑警們只在車上打個盹，隔天早上就立刻再度調查。

首先一定要查出被害者的身分。被害者身上除了刀子，沒有駕照、錢包或手機之類的物品，所以還以為要查出身分是一件難事，不過說來意外，死者身分因為一名證人的登場而輕鬆確認。

作證的是立東大樓一樓拉麵店的男店員。他好像完全不知道昨晚的事件，一如往常去店裡上班。

這樣的他聽過寶生麗子說明被害者的特徵（身高一八〇以上，胸膛厚實的男性，身穿黑色運動服與卡其色斜紋褲）等情報之後，做出最真實的反應。

「各位說的該不會是富澤先生吧？」

「什麼，你說富澤？這個人是誰？」

風祭警部激動詢問對方。「好了好了，警部請冷靜……」若宮刑警在背後以溫和語氣安撫，麗子則是平淡繼續發問。

「這位富澤先生是什麼樣的人？」

「是我店裡的常客——給各位看一下照片吧。」男性取出自己的手機，指尖在畫面上滑動。「看，這個人就是富澤先生。富澤俊哉先生。」他說著將手機遞到刑警們面前。

三名刑警同時看向畫面。上面顯示的壯漢確實長得很像昨晚的被害者。黑色挖背背心緊貼在厚實的上半身，裸露的肩膀與手臂肌肉很漂亮。他和這名男店員搭肩朝鏡頭比出勝利手勢，不過場所不是拉麵店門口，看起來像是體育館。

「喔喔，就是這個男的！好，我知道了。被害者是富澤俊哉，肯定沒錯。」

風祭警部如此斷定。麗子歪過腦袋詢問男店員。

「這張照片是在哪裡拍的？感覺是個奇怪的場所……」

「哈哈，妳發現了嗎？拍照地點是附近的抱石健身房。富澤先生在那間健身房當教練。其實我也有去那間健身房，就和他合照了——啊，各位刑警知道什麼是『抱石』嗎？」

男性應該是在問兩名女性刑警，不過迅速回答「嗯，我知道！」的是白色西裝的帥哥刑警。「這是如今也採用為奧運競賽項目的熱門運動。不過還沒有人知道『抱石』這個詞的時候，我就已經在健身房享受抱石的樂趣了。憑著自己身體征服高牆，那種成就感與亢奮感！當時我愛死這項運動了……」

風祭警部像是懷念童年般看向遠方。如果以麗子的方式「翻譯」這段話，總歸來說警部是想炫耀「我在世間注目之前就已經深入接觸這項運動」吧。一有機會就搶著炫耀，警部這種貪心的個性令人不只傻眼更低頭佩服。不提這個——

麗子請男店員將手機照片傳送到她的手機，然後重新看向畫面裡的壯漢。

雖然完全不同人的可能性不是零，但是應該沒錯。昨晚離奇墜樓身亡的被害者是富澤俊哉，職業是抱石運動的教練。「抱石」是徒手攀爬牆壁的運動。麗子腦中必然浮現富澤這個人徒手攀爬立東大樓外牆的光景——不不不，總不可能是這種事吧！

麗子用力搖頭甩掉奇妙的想像。另一方面，警部重新面向部下們。

「好，這麼一來調查工作前進了一大步。立刻派調查員去富澤先生工作的地方吧——寶生、若宮，妳們帶著富澤先生的照片去現場周邊打聽情報，祝妳們武運昌隆。」

「武運昌隆……」不對，就算祝福這種事，調查工作也只會原地踏步。麗子朝眼前的上司投以疑惑視線。「那個～～順便請問警部，您接下來要做什麼？」

「咦，做什麼……妳問我嗎？」

「是的。該不會只有祝部下武運昌隆吧？」

「唔……當……當然不會。說得也是，那我就仔細思考吧。思考富澤先生在無人樓頂墜樓身亡的難解之謎。」

警部說著以指尖輕敲自己的側頭部。總歸來說就是把一步一腳印的調查工作交給部下，自己專心動腦——警部，你過太爽了吧！

麗子將酸溜溜的這句話吞回肚子裡，遵從上司的命令。

「知道了。那麼我寶生麗子接下來會帶著若宮刑警去現場周邊打聽情報——若宮，我們走吧！」

「是～～」菜鳥刑警開朗回應，跟在麗子身後。

雖然這麼說，不過就算隨便找路人詢問被害者的相關情報，恐怕也沒有成果吧。如此思考的麗子前往立東大樓旁邊，隔著停車場相對的那棟公寓；一樓是便利商店，二樓到四樓是住戶。每層樓三戶，是總共九戶的公寓住宅。

「若宮，先從這裡開始打聽吧。」麗子仰望正前方高掛「錦町居」這個名稱的公寓說。「這裡是案發現場正對面的公寓，而且陽臺面向停車場。查到情報的可能性很高。」

「說得也是～～希望有人目擊神祕的墜樓場面就好了～～」

不知道辦案多麼辛苦的後輩，說出比聖代還要甜美的期待。

「是啊。」麗子苦笑說著走向正面玄關。玻璃門的入口是電子鎖。麗子以眼神示意，若宮刑警隨即微微點頭，走到數字鍵前方。總之先按201的按鍵，沒多久對講機以女性聲音傳來「哪位～～？」的溫吞回應。後輩刑警以莫名戰戰兢兢的動作，朝鏡頭出示警察手冊。

「那……那個～～我們是國立警署的人，想請教一些問題。」

然而下一秒，隔著對講機的女性聲音不知為何說出「啊，我們家不需要」這個雞同鴨講的回應，隨著「噗滋」的雜音單方面結束通話。

瞬間，菜鳥刑警的表情蒙上陰影。「被……被掛掉了……」

「別……別氣餒，若宮！她肯定誤以為是拉保險之類的，因為妳看起來不像警察——妳退後，由我來。」麗子像是要推開後輩般走向前，重新按下201的數字，然後帥氣出示警察手冊。「我們是國立警署的人，關於昨晚的墜樓事件，想請教一些問題……」

接著，眼前的玻璃門立刻無聲無息開啟。

「好厲害～～不愧是前輩～～」若宮刑警一邊拍手，一邊朝麗子投以稱羨的視線——不不不，愛里，一點都不厲害！這樣很正常！中途被掛斷的妳才特別！

總之，麗子和後輩刑警一起進入建築物。

不過，接下來的時間轉眼即逝——

在二樓與三樓打聽完畢的麗子她們，拖著疲累的腳步上樓前往四樓。至今她們已經站在六戶的玄關門前按下門鈴。有幾戶沒人在家，有幾戶本來就沒人住，實際打聽情報調查的對象只有三個家庭共六人，不過還沒獲得實質有益的情報。

即使出示被害者富澤俊哉的照片也沒有特別反應，關於昨晚停車場的事件也完全沒人知道任何線索。若宮刑警語氣透露失望心情。

「前輩，果然沒有任何人恰巧目擊墜樓場面嗎？」

「哎，是啊。畢竟是那種時段，可能很難期待有人恰巧目擊——但是若宮，不可以放棄。」

「說得也是，一起努力吧。死馬也要當活馬醫，前輩！」

若宮刑警說完用力握拳。麗子不太懂這個後輩是積極還是自暴自棄——不要說死馬當活馬醫啦，愛里！這樣會失去幹勁吧！

麗子在內心這麼說，按下四〇一號房的門鈴。不過這一戶看來沒人。門牌寫著「小野田」，所以應該有人住，但是按了好幾次門鈴都沒回應。刑警們放棄等候，前往隔壁的四〇二號房。這次若宮刑警一邊按門鈴一邊看門牌，然後發出感到意外的聲音。

「咦～～這間也是『小野田』耶。是巧合嗎？」

「真的耶，是親戚嗎？」兩戶小野田家湊巧當鄰居的機率應該很低。

不久玄關大門稍微開啟。「哪位？」一名看起來行事謹慎的女性隔著門鏈鎖這麼問。麗子出示手冊告知「我們是警察」，女性隨即一副慌張的樣子，解開門鏈鎖敞開大門。

是身穿灰色居家服的嬌小女性。工整的臉蛋稱得上是美女，但是散發疲累氣息的肌膚與毛躁的褐色頭髮讓印象大打折扣。是特種行業的女性嗎——麗子隱約這麼猜測。「其實是關於昨晚的事件，想請教一些問題……」

「昨晚的事件？啊啊，對面大樓有人跳樓自殺那件事吧。」

不，應該不是自殺——在心中低語的麗子開始發問。

「昨晚有聽到什麼奇怪的聲音嗎？還是看見可疑的人物？」

「不，我昨天沒排班，所以一直待在這個家裡，沒特別察覺什麼——咦，問我在哪裡工作？附近的夜店。」

「這樣啊。有沒有去陽臺眺望旁邊的停車場或住商大樓？」

「沒有。我除了晾衣服，幾乎不會去陽臺。」

「您認識這位男性嗎？」麗子出示手機問。

女性皺眉注視富澤俊哉的照片。「不，我不認識這位男性。」她斷然搖頭。「是這位先生過世嗎？這樣啊，好可憐……」

女性眉角下垂悲哀低語。後來兩人也繼續問答，卻沒得到亮眼的情報。在這樣的狀況中，若宮刑警插嘴發問。

「請問～～隔壁的四〇一號房也是小野田家吧？你們是親戚嗎？」

「咦？啊啊，嗯，是的。」哎呀，原來這個女生也是刑警——女性像是至今首度察覺般回答。「隔壁的小野田大作是我的叔父。請問怎麼了嗎？」

「沒事，本來想請教他幾個問題，但他好像不在家……」

「咦，不在家？」瞬間，女性表情浮現疑惑神色。「叔父不在屋內嗎？這就奇怪了，叔父幾乎不會在上午出門——刑警小姐，請等我一下。」

女性說完套上拖鞋，從走廊跑到門外走廊，就這麼移動到隔壁住家，按下玄關門鈴。「叔父已經七十多歲，他說一個人住會不安，最近搬到我家隔壁——啊啊，看來確實沒回應。奇怪，他跑去哪裡了？」

擔憂低語的女性握住門把。下一瞬間，她發出意外的聲音。

「哎呀，門好像沒鎖。愈來愈奇怪了。」

女性按下門把一拉，四〇一號房的玄關大門平順開啟。大概是叔父與姪女之間不必拘束吧，女性脫下拖鞋，大膽踏入室內。

「叔父～～警察有事過來喔～～」

她大聲喊著穿過短短的走廊，打開盡頭的門。然而在她的背影消失在門後的下一秒……「呀啊啊啊，叔……叔父！」

大驚失色的女性聲音突然響遍屋內。玄關前面的麗子嚇到忍不住轉頭和身旁的後輩相視。下一瞬間，麗子連忙脫鞋，和若宮刑警爭先恐後般衝進屋內——

5

「——所以，當妳們衝進客廳，就是這個狀態了？」

風祭警部指著躺在沙發上的老人遺體，向部下們確認。

老人身穿深褐色的運動服。胸部有被刺殺的傷口，但出血很少。頭髮雪白，滿布皺紋的臉給人知性的印象。頭部朝著不正常的角度扭曲。

場所是「錦町居」四〇一號房的客廳。新發現的離奇屍體周圍，許多調查員忙碌來回。房間明顯留著某人弄亂的痕跡。

寶生麗子和若宮刑警正在一起向白西裝上司說明發現屍體的原委。麗子看向眼前的遺體點點頭。

「是的。我們衝進客廳一看，沙發上就像這樣躺著一位老人……是的，看一眼就知道他已經死亡。比我們先一步看見遺體的姪女，像是腿軟般癱坐在地。」

「死亡的老人是小野田大作先生，七十二歲。姪女是小野田綠小姐，三十五歲。」

若宮愛里刑警看著手冊補充說明，風祭警部滿意地點了點頭。

「嗯，我知道了。寶生以及若宮，妳們在單純打聽情報的過程發現離奇死亡的屍體，對此應該不知所措吧。我很能理解妳們多麼驚慌。不過——」

警部像是故意做給兩人看，豎起食指說下去。

「就我來說，這在預料的範圍內。絕對不是應該吃驚的事件。昨晚富澤俊哉離奇墜樓身亡，而且不知為何帶著沾血的刀子。我在看到的瞬間就暗自心想——『說不定在我們不知道的地方，發生了另一個慘劇』。」

「警部，您早就暗中這麼想的嗎？」

「沒錯，寶生，我早就暗中這麼想了！」

警部像是不容許懷疑般斷言。

老實說，麗子內心滿是懷疑——既然這麼想，昨晚就說出來不是很好嗎？警部，你是不是在發現第二具屍體之後就竄改過去的記憶？

不過，總之麗子先捧一下上司。「不愧是警部，所以一切的進展都正如您的預料吧。」接著她這麼問。「這麼一來，警部認為這兩個事件有關聯性？」

「嗯，當然，那當然！昨晚發生的神祕墜樓死亡事件，以及今天才發現的老人離奇死亡屍體。依照我的推理，這兩個事件連結在一起。」

哎，這是當然吧——這句真心話差點輕聲說出口，麗子忍了下來，催促上司說下去。「連結在一起……意思是？」

「殺害小野田大作先生的真凶正是富澤俊哉——寶生你看，這句遺體的脖子被強大的力量扭曲為不正常的方向，頸骨恐怕已經斷了。真是恐怖的蠻力。凶手肯定是格鬥家或健美先生那種肌肉猛男。所以是富澤俊哉。他的職業是什麼？」

「抱石健身房的教練。」

「沒錯，真的很適合吧？用來攀爬垂直牆壁而鍛鍊的肌肉，他用來扭斷這名老人的脖子。行凶時間肯定是昨晚。富澤來到這個家，掐死大作先生。以刀子刺殺左胸是以防萬一。出血看起來很少，所以恐怕是持刀刺殺的時候，被害者的心臟已經停止。富澤殺害大作先生之後，在屋內翻找值錢的物品，換句話說是強盜殺人。雖然是非常野蠻粗暴的犯行，不過富澤做得到。不，只有富澤做得到！」

風祭警部像是陶醉在自己的推理般口若懸河。對於他的推理，麗子說「原來如此」率直點頭。先不提是否只有富澤做得到，她贊同「殺害小野田大作的真凶是富澤俊哉」這一點，所以沒有特別提出不同的意見。

不過，面對狀況絕佳的這位上司，「可是啊，警部～～」若宮刑警以溫吞的聲音插嘴。「如果富澤是殺害大作先生的凶手，富澤自己為什麼在同一天晚上墜樓身亡呢？而且不是從這棟公寓，是從對面的住商大樓墜樓身亡，這不是有點奇怪嗎？」

「唔唔……慢著，若宮，就算妳說『有點奇怪』……」

警部像是被說到痛處，引以為傲的帥氣臉龐變得扭曲。

麗子目送遺體被搬出客廳，默默思考。

若宮刑警的指摘確實沒錯。假設富澤昨晚在「錦町居」四〇一號房犯下強盜殺人罪，為什麼同一天晚上會在對面的立東大樓墜樓身亡？麗子滿頭霧水。說起來，富澤墜樓身亡到底是怎麼回事？是自殺？他殺？還是偶然的意外？如今連這一點都難以判斷。

當時湊巧在樓頂的村山聖治，他的證詞也令人費解。如果他的證詞是真的，那麼富澤在立東大樓墜樓身亡這件事根本不可能發生。因為立東大樓面對停車場這一側沒有窗戶，若問可以從哪裡墜樓，唯一的場所就是樓頂。即使如此，在墜樓事件發生之前，樓頂除了村山聖治就沒有其他人。

這究竟是怎麼回事——？

「這麼說來，在我們打聽情報的這段期間，警部會嘗試仔細思考難解的墜樓之謎——記得您當時是這麼說的吧？」麗子不抱太大期待，如此詢問上司。「所以警部的見解是？富澤果然是從立東大樓的樓頂墜樓身亡，這樣判斷沒錯嗎？」

「喔喔，那當然，寶生！」風祭警部誇張地張開雙手。「富澤是從那棟住商大樓的樓頂墜樓，只有這個可能性。」

「換句話說，村山聖治的證詞是假的？」

「不，他應該沒有欺騙警察的理由。我想他應該是據實以告。」

「啊？可是這樣的話完全說不通……」

「不，寶生，沒這回事。富澤從本應空無一人的樓頂墜樓身亡。藏在這個事件背後的詭計，已經在我的腦中解析完畢。」

「咦，真的嗎？」警部又在開這種玩笑了——麗子拚命將這句禁忌的話語吞回肚子裡，繼續詢問。「到底是什麼樣的詭計？」

「嗯，也對。與其口頭說明，實際示範應該比較快吧。」

——不不不，警部，與其實際示範，口頭說明絕對比較快！

雖然麗子以視線這麼說，但風祭警部本來就無法正確理解他人視線的意思。

「好，我知道了。那麼寶生，抱歉給我一點時間——啊，若宮和我一起來。」他單方面做出莫名其妙的指示。

「是～～」若宮刑警率直回應，跑向警部。

「那麼寶生，三十分鐘後在停車場見。」

風紀警部轉過身去，從容離開客廳。若宮刑警跟在他身後。被留在客廳的麗子狐疑低語。「——警部，這次你想做什麼？」

6

就這樣，約定的三十分鐘轉眼即逝——

寶生麗子前往停車場，只看見風祭警部白色西裝的身影。他端正的臉孔洋溢像是暗中搞鬼的笑容，在停車場正中央迎接麗子。

「嗨，寶生，真虧妳願意過來。妳真準時。」

沒什麼願不願意的。上司的命令絕對要服從，麗子無法選擇拒絕。

「警部，您要在這裡做什麼？」

剛才確實說到要「示範詭計」之類的。不過環視四周，只見停車場沒什麼特別的變化。除了進出公寓的調查員們，這裡只停了幾輛車，是非常平凡的停車場光景。麗子東張西望發問。

「話說我沒看見若宮，她去哪裡了？」

「啊啊，若宮嗎？她的話在那裡——妳看。」

警部說著指向立東大樓樓頂。麗子將手放在額頭遠眺，灰色的褲裝身影站在該處，從扶手探出上半身大幅揮動雙手。「寶～～生～～前～～輩～～」從上方傳來的這個聲音，確實是若宮刑警沒錯。

——愛里，不要這麼大聲叫我！我會不好意思啦！

板起臉的麗子揮手回應後輩的聲音，詢問身旁的上司。

「所以警部，您說要示範詭計是什麼意思？」

「沒什麼，就是字面上的意思。」警部將右手放在麗子肩膀裝熟。「我要揭開昨晚墜樓身亡懸案的真相。為此需要事先做一些準備，所以才要妳等三十分鐘左右。」

警部正經說明，但麗子完全沒把他的話聽進去，就只是以蘊含殺意的視線看著上司放在她套裝肩膀性騷擾的右手。

——喂喂喂，我的肩膀可不是你的專用「扶手」！

不過，警部這時候也沒理解麗子視線的意思，看起來毫不在意。

「話說寶生，雖然這時候說這個不太對，不過這次的案件偵破之後，要不要和我共進晚餐？我找到提供頂級鵝肝的法式名店——記得妳很喜歡鵝肝吧？」

「稱不上喜歡或討厭！」麗子大喊之後，一掌拍掉控制自己肩膀的邪惡「異物」——啊啊真是的，為什麼每個人都認定我是「超愛鵝肝的狂熱者」？她將這份不滿藏在心底，以犀利視線瞪向上司。「這時候鵝肝什麼的一點都不重要！重點是詭計的問題現在怎樣了？」麗子拉高音量。

如同要蓋掉她這句話的最後幾個字，此時突然有個來源不明的響亮聲音傳遍停車場——咚！

同時，柏油地面稍微震動般的感覺傳到腳邊。麗子感覺遭遇危險，連忙蹲了下來。風祭警部也在旁邊以驚慌語氣大喊。

「喂喂喂，剛才的聲音是什麼？」

「天曉得。好像是什麼沉重的東西摔到地面……」

麗子一邊回答，一邊重新環視停車場。停放的自用車沒有變化，肉眼所見的範圍看不出明顯異狀。此時警部不安低語。

「難道說，是在昨晚的墜樓現場……」

「哈哈，怎麼可能。」即使這麼回答，麗子也覺得要慎重一點，前往昨晚發現屍體的現場。

繞過停放的廂型車，看向該處的下一瞬間……

「啊啊啊！」麗子忍不住放聲大喊。「啊啊啊，愛里！」

躺在該處的是若宮刑警，以仰躺姿勢倒在地面，頭部周邊噴濺紅色液體。麗子在瞬間理解一切，立刻跑到倒地的後輩身旁，看著她閉上雙眼的臉蛋，嘴脣微微發抖。

「啊啊，居然會這樣……好可憐，愛里真是的……又被迫配合警部演這齣胡來的鬧劇是吧……」

「喂，寶生！說話注意一點。鬧劇是怎樣？沒有任何人在胡鬧！」胡鬧的上司說完不滿嘅嘴。麗子毫不讓步頂嘴。

「如果這不叫鬧劇，到底要叫什麼？」

「那個～～警部說……」倒地的若宮刑警突然迅速坐起來睜開雙眼。「這就是離奇墜樓身亡事件的真相喔，前輩。」

「這就是真相？」麗子歪過腦袋。「警部，是這樣嗎？」

「那當然，寶生，而且妳剛才展現的態度正合我的期待。現在這一瞬間，已經完美證明我的推理是正確的。」

「…………」這個人在說什麼？「那個，我不懂您的意思……」

「那我就說明吧。妳剛才聽到『咚』的巨大聲響。然後馬上在停車場角落，在距離住商大樓只有一公尺左右的地面，發現若宮倒在地上。這時候妳是怎麼想的？『呀啊，若宮從住商大樓樓頂摔下來流血了！』——妳肯定是這麼想的。」

「不，我並沒有這麼想……」

「不不不，肯定有。絕對有。不可能沒有。寶生，妳是這麼想的吧！」

「……………」啊啊真是的，這傢伙有夠麻煩！麗子嘆口氣，不情不願地點頭。

「是，好好好，警部您說得沒錯，在一瞬間，在短短的一瞬間，躺在地面的若宮就我看來像是剛墜樓的屍體。」

不過靠近一看，後輩只是在裝死，而且從味道就知道紅色液體其實是灑在地面的番茄汁。多虧這樣，麗子瞬間理解這是風祭警部自編自導的鬧劇。

「換句話說，『咚』的巨大聲響不是有人從樓頂掉下來的聲音吧？」

「當然是這樣沒錯。聽到某種東西摔到地面的巨大聲響，接著發現有人倒在地上。結果會令人認定剛才有人從高處墜落。這就是這個詭計想得到的效果。其實剛才待在樓頂的若宮刑警，在妳分心注意我右手的時候跑下階梯來到停車場，在我約妳共進晚餐的時候來到這裡躺在地上──就是這麼回事。」

「原……原來如此。」那麼，剛才的搭訕以及充滿性騷擾感覺的右手，也都只是這場戲的一部分。這麼一來，麗子覺得做出真實反應的自己好蠢，但是先不提這個──

「那麼警部，那一聲『咚』實際上是什麼聲音？」

「嗯，讓妳看看吧。跟我來。」

警部以食指示意，踏出腳步。麗子和若宮刑警隨後跟上。三人前往停車場深處五層樓白色建築物的方向。大樓與停車場之間以鐵絲圍欄區隔。警部看著圍欄另一邊，指向地面。

「看，就是這個。」

麗子以相同姿勢探頭一看，塞滿東西的白色袋子掉在那裡。是沙包。三個大沙包以繩索捆成一個。

接著麗子仰望面前矗立的白色大樓。屋頂看不見扶手之類的東西，只有建築物中間區域豎著一根桿子。大概是避雷針吧。

「是這個沙包從那個樓頂掉下來，發出巨大聲響是吧？」

「就是這麼回事。」

「大樓樓頂有人，這個人抓準時機把沙包丟下來？」

「不對，不是這樣。要讓沙包掉下來，不需要特地有人待在樓頂。沙包放在樓頂邊緣，差點就要掉下來的位置。然後寶生妳看，沙包繫著又細又透明的釣魚線吧？拉得很長的這條線另一頭，其實就偷偷握在我手中。我抓準時機拉線，放在樓頂邊緣的沙包失去平衡掉下來，發出『咚』的聲音稍微震動地面——這就是真相。」

「順帶一提，前輩，這棟白色大樓以前是商務旅館，不過旅館大約一年前倒閉，大樓沒人收購，變得和廢墟沒有兩樣。」

「所以任何人都能進出樓頂？」

「通往樓頂的室外階梯一樓姑且設了鐵門鎖緊，不過可以強行從鐵門上面翻過去。只要翻過那扇門，就可以利用室外階梯與鷹架進出樓頂。雖然這麼說，但是和立東大樓不一樣，樓頂只有避雷針與水塔，沒有扶手什麼的，就只是一片寬敞的空間。總之只要有心就不難進出樓頂——是的，連風祭警部都做得到。」

「是喔。那麼凶手肯定也做得到。」

「喂喂喂，小貓們，說話不要這麼尖酸好嗎——但我就不計較吧，因為我現在心情很好。」

風祭警部對「小貓們」酸溜溜的對話一笑置之，說出結論。

「關於昨晚的事件，第一發現者的中年男性，在晚上十點整聽到『咚』的聲音，接著在住商大樓旁邊的地面發現倒地死亡的富澤俊哉。這名中年男性當然認定富澤是在這個時間從住商大樓樓頂墜樓身亡。然而實際上不是這樣。富澤的死亡時間是在晚上十點前。至少比村山聖治來到住商大樓樓頂的九點四十五分還要早，所以村山沒在樓頂看見任何人。明明樓頂除了村山沒有任何人，富澤怎麼會墜樓身亡——本次事件就像這樣匪夷所思，不過如果要進行合理的解釋，應該只能使用我剛才示範的方法吧。比方說——」

接著警部提出一個假設。

「凶手在昨晚九點半到九點四十分這段時間，在住商大樓樓頂將富澤推下去殺害，立刻離開樓頂。然後在晚上十點整，凶手讓某個夠重的物體從白色大樓樓頂掉下去，藉此讓人誤以為富澤的墜樓時間是晚上十點整。凶手犯案之後，當然會把掉在圍欄另一邊的沙包或重物偷偷拿走吧。」

「原……原來如此。」聽完警部說明的時刻誤認詭計，麗子（雖然不甘心）有點佩服。只要使用警部說的手段，確實能大致說明富澤離奇墜樓身亡的原委。不對，應該只有這個方法可行吧？老實說，麗子不懂警部為什麼不惜使喚菜鳥部下也堅持要「示範」，不過警部述說的詭計確實漂亮解開本次事件之謎。有這種感覺的麗子順勢詢問警部。

「所以這個凶手是誰？殺害小野田大作先生的是富澤俊哉。那麼，以這種詭計殺害富澤的究竟是誰——？」

此時警部聳了聳肩，緩緩搖頭。

「啊啊，寶生……如果知道凶手是誰，我就不會這麼辛苦了……」

7

「——總之，就是這麼回事。」

寶生麗子輕聲說完，手上的葡萄酒杯緩緩傾斜。今晚滋潤她喉嚨的是二〇〇一年份的 Château Latour。法國波爾多酒莊的珍品。時間已經是夜晚十一點多。暫時從繁忙公務解脫的麗子，從工作用的黑色褲裝搖身一變，如今換上大小姐風格的粉紅連身裙。她坐在客廳沙發，對身旁待命的黑衣管家詳細說明本次事件。

「影山，你認為呢？」

聽到麗子這麼問，影山以中指輕推鼻梁的眼鏡。

「看來風祭警部從總局調回來之後，果然和以前不太一樣。從另一棟大樓扔沙包下去，讓人誤認被害者的墜樓時間，是非常有趣的構想。屬下也想親眼拜見他示範這個新奇的詭計。」

「喔，這樣啊。」但無論這名管家以何種態度「拜見」那段示範，在他眼中也完全只是鬧劇吧——「你對警部讚譽有加耶。」

「呃，其實屬下很想稱讚大小姐，不過聽您剛才的說明，那個，該怎麼說，大小姐您，沒什麼，特別的……」

管家故意說得支支吾吾，麗子以殺氣騰騰的視線看向他。

「怎麼啦，影山，你的意思是我沒有可以稱讚的地方嗎？」

「不不不，屬下不敢。」影山連忙搖動雙手。「自我感覺良好的上司與少根筋的後輩。大小姐夾在兩人中間孤軍奮戰，每當想像您值得讚許的這副模樣，屬下影山內心忍不住，呵……忍不住感動起來……呵呵。」

「笑什麼笑！你其實是在消遣我吧！」

「不，屬下沒笑。屬下不可能嘲笑大小姐。」

「這樣啊，那就好……」

麗子收起矛頭不再追究，剛才出言不遜的管家「呼……」地鬆了口氣。

麗子斜眼看著他這個反應。

「所以影山，實際上你是怎麼想的？警部示範的詭計正確嗎？」

「富澤俊哉墜樓身亡，但是樓頂除了村山聖治就沒有任何人。若要說明這個不解之謎──如果只是要說明這個謎，或許會用到警部示範的詭計。不過──」

「不過？」

「如果一併考慮到同一天晚上在『錦町居』四樓發生的小野田大作命案，警部想到的詭計無法完美解釋。公寓的強盜殺人犯被另一個犯人殺害，而且是從正對面的住商大樓樓頂墜樓身亡，不只如此，還使用讓人誤認墜樓時刻的詭計──究竟是誰為了什麼原因大費周章這麼做？」

「不知道。不過這難道不是某人策劃的嗎？」

「屬下不這麼認為。」管家斷然搖頭回應，在面前豎起食指。「所以屬下想向大小姐確認一件事。」

「唔，什麼事？」

「『錦町居』的公共玄關肯定有設置防盜監視器。防盜監視器真的有拍到富澤俊哉的身影嗎？入侵公寓時的富澤，以及逃出公寓時的富澤，監視器確實有錄下他的行動嗎？」

「對對對，其實這一點很奇怪！」麗子重新看向影山，告知剛才忘記說的事實。「公共玄關確實有防盜監視器，卻沒拍到富澤的身影。原本猜測富澤可能是喬裝之後經過公共玄關，不過他以抱石鍛鍊的強健體格是明顯的特徵，再怎麼隱藏臉孔也不可能藏得住他強壯的身體。可是無論我們檢視錄下的影像多少次，防盜監視器都沒拍到疑似富澤的魁梧男性——這是怎麼回事？入侵四〇一號房的強盜殺人犯不是富澤嗎？可是行凶的刀子實際上在富澤身上……」

完全看不出事件方向性的麗子，在思考的同時喝了一口葡萄酒。

說來意外，一旁的黑衣管家露出像是茅塞頓開的表情。「原來如此，是這麼一回事啊。」他說完深深點頭，加重語氣說下去。「那麼，現在不能像這樣悠閒下去了。和兩個案發現場相鄰的白色大樓——以前是飯店，現在成為廢墟的五層樓建築——屬下認為必須詳細調查那棟大樓的牆面。」

「……咦？」白色大樓的……牆面？

這個提案過於唐突，麗子就這麼拿著玻璃杯愣住。反觀影山以手指輕推時尚眼鏡的邊框，以像是在催促的視線，在一旁目不轉睛看著麗子。麗子敏銳察覺這雙視線的意味，指著自己的臉蛋問他。「咦，什麼，我嗎？你叫本小姐去查？現在就去查那棟大樓的牆面……？」

「是的。也沒有其他人了。」

「不是有你嗎？既然這麼強烈要求，那你自己去調查啊？」

麗子伸手一指，影山俐落躲開她的指尖如此回答。

「說來遺憾，屬下不是專業調查員，只是區區的管家。這樣的屬下獨自前往案發現場，不知道會闖下什麼禍。畢竟只要是為了敬愛的大小姐，屬下影山即使要偽造或竄改證物也完全在所不惜——大小姐，即使這樣也無妨嗎？」

「唔～～說得也是。」他說出「敬愛的大小姐」這種話，老實說麗子有點感動，不過偽造或竄改證物當然是禁忌。麗子嘆氣點了點頭。「知道了啦，那我明天再去調查。但我不知道會查到什麼就是了。」

「不，大小姐，現在沒空悠閒說這種夢話了。」

「沒人在說夢話吧！幹麼突然這麼說，怎麼回事？」

麗子不禁冒出怒意，一旁的影山不知何時取出平板電腦低頭檢視，然後裝模作樣以緊張的聲音說。

「氣象預報說關東地區今晚到明天會下雨，尤其國立、立川市周邊會有局部豪雨發生。大小姐像這樣喝光超貴葡萄酒懶散休息的這段期間，或許邪惡的烏雲會覆蓋上空，在案發現場周邊降下傾盆大雨。啊啊，這麼一來，現場僅存寶貴的凶手痕跡也會立刻被無情的大雨沖刷無蹤……大小姐，請問這樣真的好嗎？」
「這當然一點都不好……」不過在這之前。你到底在說誰「喝光超貴葡萄酒懶散休息」啊？不要趁亂說這種莫名其妙的話！
不高興的麗子「叩」地將玻璃杯放在桌上，然後像是要振作般起身。「知道了，我去吧，我就去給你看！雖然不知道白色大樓外牆會有什麼痕跡，不過挺有趣的，我就去調查給你看！」
「大小姐，路上小心。」
管家恭敬低頭致意，麗子像是要以視線射穿般看他。
「啊？影山，你在說什麼？你要大小姐我一個人去嗎？我喝醉了，已經昏昏沉沉……不對，已經爛醉如泥了……你看～～」
麗子說完，表演完美計算過的蹣跚腳步，強調自己處於爛醉狀態，毫不留情命令自己的忠實僕人。「就是這麼回事，所以影山，現在馬上開車到門口。接下來要進行深夜的極機密調查，沒問題吧？」
「真是拿您沒辦法。那麼，屬下立刻去準備。」
影山露出無奈表情，將手按在胸前，在麗子面前恭敬鞠躬。

8

不久之後，立東大樓與「錦町居」，這兩棟建築物中間的停車場，有一輛德國進口車發出擾人清夢的爆震聲駛入。彷彿融入黑暗的漆黑車身，如同眼珠閃亮的車頭燈。只要看見這獨特的輪廓，即使不是車迷也知道是最新型的保時捷。

響亮的引擎聲終於停止之後，副駕駛座車門靜靜開啟。獨自下車的這個人是寶生麗子。從自家客廳的大小姐模樣搖身一變，如今再度換上黑色服裝。然而不是平常上班穿的褲裝，是黑色的騎士皮外套加上同樣黑色的皮褲。即使就這麼融入黑暗潛入某棟豪宅偷偷搜刮寶物也一點都不奇怪。就是這樣的服裝。

麗子慎重環視周圍，停車場只有幾輛車，沒有人影。感到滿意的她立刻走向前方矗立的白色大樓。

停車場與白色大樓以鐵絲圍欄區隔。麗子站在圍欄前方，慢慢打開ＬＥＤ手電筒，以耀眼光線照亮面前的牆壁。

外牆表面是漆成白色的水泥牆。雖然這麼說，不過終究是符合屋齡的廢墟。近看就發現有髒汙也有裂痕，但是沒發現影山所說疑似凶手留下的痕跡。麗子嘀咕出聲表達不滿。

「說起來，為什麼這棟建築外牆會留下凶手痕跡……？為什麼不是住商大樓也不是公寓，是這棟廢墟的外牆……？」

麗子事到如今輕聲懷疑，但還是繼續仔細觀察以免看漏任何細節。如同要舔遍白色牆面，LED的光環慢慢橫向移動，然後縱向移動。最後麗子終於輕輕發出「嗯」的聲音，光環在牆上某處靜止。

「那是……什麼東西？」

站在鐵網這一邊的麗子定睛注視。下一瞬間，她一個轉身跑向保時捷的駕駛座，將頭伸進打開的車窗，呼叫車上的管家。「喂，影山，你在做什麼……真是的，現在不是玩填字遊戲的時候吧！」

麗子從管家手中搶走益智遊戲書。「梯子！麻煩準備梯子給我！」她提出強人所難的要求。

即使是超人管家，聽到這個要求也終究露出為難表情。影山自己也慢半拍打開駕駛座車門下車。

「那個，大小姐，屬下無法立刻為您準備梯子……」

「哎喲，真拿你沒辦法！」麗子雙手扠腰氣沖沖這麼說，她隨即想到絕佳的點子咧嘴一笑，立刻將次等方案傳授給管家。「既然這樣，影山，不好意思，可以稍微借你的肩膀一用嗎——沒事，放心啦，沒問題的！我絕對不會亂來！」

就這樣經過數分鐘後——

麗山硬是說服百般抗拒的管家，翻越鐵網圍欄入侵白色大樓，維持像是貼在白色牆面的不自然姿勢。

位置是白色建築物中央附近，幾乎在住商大樓與公寓的中間點。麗子左手撐在牆面，右手拿著LED手電筒往上方照。她腳下是雙腿踩著地面拚命站直的管家。影山自己成為麗子的「梯子」或「踏臺」，以雙肩努力支撐她的全身體重。

「喂，影山，不要晃啦！我的身體肯定沒那麼重才對。」

「是……是的，大小姐不重……不過可以的話，真希望您先脫鞋……」

影山雙手撐在牆面，擠出痛苦的聲音。麗子高跟鞋的鞋跟毫不留情陷入他的雙肩。

麗子在他的肩上維持平衡回應。「因……因為這也沒辦法啊！腳底被看到，比肚臍被看到更令我不好意思……」

「這……這種事不重要！」影山像是由衷覺得無所謂般放話。「不提這個，大小姐，您要確認的東西確認好了嗎……」

「咦？啊啊，差點忘了。」麗子像是想起來般抬頭，重新將LED的光線朝上。由於距離變近，所以比剛才更清楚辨識。在光環中浮現的是紅褐色像是水痕的東西。麗子懷抱確信點了點頭。

「肯定沒錯，這是乾掉的血。白色大樓外牆留著血跡——影山，這就是你說的凶手痕跡吧……不過這到底是怎麼回事？這種地方為什麼會有凶手的血……應該說，到頭來凶手是誰……富澤俊哉嗎？還是殺害富澤的另一名凶手？啊啊，我完全摸不著頭緒……」

「大……大小姐，請不要在我的肩膀上沉思啊！」麗子腳下響起可憐管家的呻吟。「屬……屬下的肩膀撐不住了！」

「啊啊，對不起，不小心就……那麼，我下去了。」

話還沒說完，麗子就「嘿！」吆喝一聲，猛踩黑衣管家的肩膀跳起來。雪上加霜挨了這一下的影山「嗚啊！」發出管家不該發出的哀號。下一瞬間，麗子漂亮著地，立刻將身體打直，重新面向影山。

「所以影山，這是怎麼回事？那麼高的位置為什麼會有血跡？那到底是誰的血跡？」

麗子接連發問。面前的影山抱著自己雙肩，暫時維持這個姿勢反覆喘氣，但他很快就回復為往常的平靜表情。

「啊啊，大小姐，您還是不知道嗎？」

他嘆息這麼說，然後正面注視麗子的臉。

「這麼一來，好不容易得到的線索也只是『把金幣送給貓』。不，反倒可以說是『大小姐耳東風』吧！」

瞬間的寂靜降臨白色大樓牆邊。打破這股沉默的是麗子的叫喊聲。

「你……你說什麼？」麗子像是不能成耳邊風般逼問面前出言不遜的管家。「你說什麼耳東風？影山，你再說一次看看！」

「就說了，是『朝大小姐耳念經』——」

「用不著再說一次！」麗子展現不講理的憤怒走向影山，拍打自己騎士外套的胸口。「你想說我是豬嗎？說本小姐是豬嗎？說本小姐是不識貨的豬嗎？」

「那個……恕屬下失禮，請問大小姐說的是『把珍珠送給豬』嗎？屬下說的應該是『馬耳東風』……」（註1）

「還不是一樣！」其實不一樣，但麗子不肯承認自己的錯誤，不容分說般大喊。

「我是馬嗎？是純種馬嗎？」

「呃，就某方面來說，大小姐是千真萬確的純種馬……」

「哎，是沒錯啦。」麗子不知不覺差點信服。不對，不是這樣——她重新思考之後搖搖頭。「到底是什麼意思？你想說本小姐是看不出物品價值的母馬？」

「不，屬下沒要將您數落成母馬。不過，面對好不容易得到的線索，大小姐卻好像依然不明就裡，屬下才會不小心說出心裡話，覺得您這樣簡直是『大小姐耳東

註1 「把金幣送給貓」以及「把珍珠送給豬」都是日本諺語，意思是暴殄天物。

風』……」

「不准說第三次啦，笨蛋——！」火冒三丈的麗子怒罵聲響徹立川夜空。然後她指著出言不遜的管家胸口。「不然是怎樣？影山，你知道血跡在那麼高的位置代表什麼意義嗎？知道的話，麻煩說到我懂。」

「遵命——」管家這麼回應，將右手按在黑衣胸口。

9

後來又經過數分鐘——

再度翻越鐵網圍欄回到停車場的影山，指著白色大樓外牆緩緩開口。「說明那個場所殘留的奇妙血跡之前，必須先思考『錦町居』防盜監視器的問題。」

「話題扯得真遠。公寓的防盜監視器怎麼了？」

「從各種狀況判斷，殺害小野田大作先生的人，應該可以認定是富澤俊哉。但是公共玄關的防盜監視器不知為何沒拍到富澤。這究竟代表什麼意思——答案很簡單。富澤沒有從防盜監視器前方經過。他大概是不希望自己的強壯身體被錄影存證，刻意不走公共玄關吧。企圖殺人的歹徒當然會這麼謹慎。」

「大方讓防盜監視器拍攝的罪犯確實很少見。不過這是什麼意思？富澤沒走公共玄關的話，是怎麼入侵公寓的？一般公寓可以從一樓陽臺潛入，不過『錦町居』一樓是便利商店，所以辦不到。所以是從二樓以上房間的陽臺掛繩索爬上去的嗎？可是做得這麼大膽終究太危險吧？因為從這座停車場或馬路都可以清楚看見公寓陽臺，不知道什麼時候會被誰目擊犯案。」

「大小姐說得沒錯。」影山靜靜點頭。「大小姐的推理恐怕是正確的，不過富澤的確是從外部沿著繩索成功入侵公寓。問題在於這條繩索從哪裡連到哪裡……」

影山這麼說的同時，視線在停車場兩側矗立的兩棟建築物——公寓與住商大樓之間緩緩來回兩次。麗子一看見他的動作就想通了。

「我懂了。立東大樓是吧？從那棟住商大樓的樓頂拉繩索到公寓陽臺。富澤沿著這條繩索成功入侵公寓。就是這麼回事吧？」

麗子滿懷信心如此斷言，影山朝她咧嘴一笑。

「不，說來可惜，大小姐您大錯特錯。」

「啊？」——不然你為什麼看著這兩棟建築物賣關子？真是壞心眼！

麗子覺得自己完全上當。反觀影山露出計畫成功的表情，一臉平靜說下去。「從公寓陽臺拉繩索到另一棟建築物，這個想法很好。不過在這個場合，適合拉繩索的不是立東大樓。那棟住商大樓有很多租客，沒人知道什麼時候有誰會出現在樓頂。比方說，就像是案發當晚的村山聖治那樣，很可能忽然有人上去吸菸。如果這個人發現樓頂扶手有奇怪的繩索，犯罪計畫將會立刻泡湯吧。繩索並不是拉到立東大樓。」

「確實是這樣沒錯吧。也就是說……啊啊，原來如此！」

麗子這次真的想通了。答案其實很簡單。要不是被管家壞心眼的視線干擾，麗子一開始就會找到正確答案吧。她指向面前的廢墟。

「是這棟白色大樓吧。富澤從這棟無人大樓拉繩索到公寓。白色大樓的樓頂好像沒有扶手，不過有避雷針，所以肯定可以拉繩索。只要有繩索，就可以沿著繩索入侵公寓──唔，可是等一下，這條繩索是拉到公寓的哪裡？那棟公寓沒有供人進出的樓頂，既然這樣，繩索另一頭肯定綁在某個陽臺。換句話說──」

「是的，大小姐，您猜得沒錯。」影山以嚴肅表情點頭。「公寓那邊有富澤的共犯。如果沒有這個人，富澤甚至無法在兩棟建築物之間拉繩索。」

「確實沒錯──既然這樣，這個共犯是誰？」

「共犯主要有兩件工作。首先是協助富澤入侵公寓，再來就是讓順利入侵的富澤進入大作先生所住的四〇一號房。如果沒有這個人的協助，當時那麼晚了，富澤應該無法進入大作先生住家的玄關。」

「原來如此。所以共犯是被害者的親屬？」如此低語的瞬間，麗子腦海浮現一名女性的面容。「難道是……姪女小野田綠……？」

「這始終只是推測。」影山以慎重語氣說。「或許三樓有居民和大作先生交情很好，那麼這個人才是真正共犯的可能性也不是零。」

確實，現階段還沒脫離推測的範疇。但重新思考就發現，小野田綠確實有充分的動機殺害大作先生。綠是大作先生的少數親屬之一，萬一大作有什麼三長兩短，遺產或是身故保險金就會落入她手中。這個理由足以讓綠協助富澤犯案。不對，綠唆使富澤一起計畫殺害叔父的可能性反倒比較高——

麗子想到這裡，重新注視面前的管家。

「假設這次的事件是富澤俊哉與小野田綠共同犯案，那麼整個事件的過程是怎樣？這個地方昨晚究竟發生了什麼事？」

麗子指著他們身處的停車場地面詢問。影山繼續說明。

「昨晚，『錦町居』與白色大樓之間，拉了一條又粗又黑的繩索。公寓的四〇二號房，也就是小野田綠住家的陽臺扶手，以及豎立在白色大樓樓頂中央的避雷針。繩索在這兩個地方繞了一圈。」

「繞了一圈？所以是一條繩索綁成環狀？」

「是的，這樣在犯案之後比較方便回收繩索。凶手們應該是這麼認為吧。拉繩索的詳細步驟在這裡省略，不過有一個重點。」影山豎起一根手指。「綁成環狀的繩索，肯定固定在陽臺的扶手。不然繩索自己會滑動，無法好好攀爬。」

「如果繩索自己會動，人就無法前進是吧，我懂了——所以呢？」

「做好這些準備之後，富澤從白色大樓樓頂攀爬到斜前方的公寓。這件事發生在這座停車場的高空，地面的人們不會注意到爬繩索的富澤。」

「富澤平常以抱石鍛鍊身體，臂力應該足以讓他沿著繩索爬到公寓吧。但是無論如何，這樣爬繩索非常危險。富澤有準備救生索之類的東西以防萬一嗎？」

「雖然不是救生索，不過繫在他身上的粗腰帶，應該就有防止墜落的功能。只要將繩索穿過腰帶，萬一在爬繩索的時候鬆開雙手，也可以避免摔下去。結果他應該是順利從白色大樓爬繩索抵達公寓四樓。」

「富澤抵達四〇二號房之後，就到四〇一號房殺害大作先生是吧。」

「是的。姪女綠按門鈴，大作先生毫不懷疑打開門，此時富澤持刀闖進去，折斷大作先生的脖子，持刀刺穿胸口。必須使用這種粗暴的殺害方式，才能強調是男性下的手。這麼一來，身為女性的綠就擺脫犯案嫌疑。另一方面，富澤和大作先生素昧平生，所以根本不會被列為嫌犯。兩人認為藉由相互合作，就可以一起逃離法網。」

「原來如此，到這裡我都懂了。不過之後才是問題。在公寓四〇一號房殺害大作先生的富澤，為什麼離奇摔死在住商大樓旁邊？這我不懂。」

這個奇妙的謎令麗子重新歪過腦袋。影山平淡地繼續解開案件謎團。

「富澤俊哉與小野田綠兩人行凶之後，暫時回到女方住處，然後富澤再度沿著繩索爬回白色大樓的樓頂——按照計畫應該是這樣才對。」

「也就是說，事情沒按照計畫進行吧。兩人究竟發生了什麼事？」

「屬下猜想……」影山慎重以此做為開場白，說出意外的推理。「兩人之間發生的事，是背叛。富澤拚命拉繩索要回到白色大樓。綠以預先準備的剪刀……一刀剪斷這條繩索。」

「怎麼這樣！」麗子不禁發抖。「也就是綠將富澤滅口是吧！」

「是的。不只是滅口，更要將這一切偽造成是富澤強盜殺人吧。綠恐怕是認為剪斷繩索之後，富澤將會就這麼筆直落下，摔在公寓旁邊的地面。到時候他的死狀，肯定像是潛入公寓的強盜沿著陽臺移動時不小心踩空墜樓身亡——綠應該是想像這幅光景剪斷繩索。但在下一瞬間，發生了遠超乎她想像的驚人事情。」

影山的聲音洋溢前所未有的緊張感。麗子以顫抖聲音詢問。

「發……發生了什麼事？」

「沒什麼，其實很簡單。繩索被剪斷，原本以為會直接摔下去的富澤，情急之下用力抓住繩索，就這麼沒鬆手。站在被害者的立場，這麼做非常理所當然。不過這個結果引發的現象令人意外——大小姐差不多也想像得到吧？」

「呃，我想想……綠在公寓陽臺剪斷繩索對吧？可是富澤沒放開繩索。那麼換句話說……」麗子看向公寓四樓，在腦中模擬富澤的動向。「富澤就像是掛在超長鐘擺下方的重錘，他的身體畫出一條長長的弧線……朝這棟白色大樓的外牆……狠狠撞下去……啊，原來如此！」

瞬間映在麗子視線前方的東西，是不久前才發現的神祕血跡。白色大樓外牆上，不知為何附著在高處的血跡。麗子以LED手電筒照亮血跡，像是大喊般開口。「富澤撞上牆壁的時候，頭部受傷出血。牆上的血跡就是當時殘留的吧。」

然後麗子慢半拍回想起來了。富澤屍體的額頭上，確實有另一個不是墜樓造成的傷。由於看起來像是被板子之類的平坦物體毆打，所以成為富澤被人殺害的根據。但如今可以理解那道傷的真正意思。那不是某人毆打富澤造成的傷，是富澤自己撞上平坦牆壁受的傷。

「大小姐，您猜得沒錯。不過——」管家說到這裡，像是傻眼般微微聳肩。「這份執著真是令屬下佩服。額頭都已經撞到牆壁，富澤卻依然不肯放開手上的繩索。」

「沒……沒錯……如果斷然在那時候鬆手，感覺至少能撿回一條命吧。」

「是的，正是如此……」影山露出同情的眼神說下去。「不過實際上，富澤沒放開繩索。所以後來變得如何呢——富澤的身體撞上白色大樓外牆之後，順著這股力道大幅擺盪到立東大樓的方向。」

「也就是富澤撞上牆壁反彈吧。鐘擺運動因而改變方向。從公寓盪到白色大樓的鐘擺，變成從白色大樓盪到立東大樓——」

「是的。然後富澤終於用盡力氣，放開繩索之後，他的身體就這麼朝著地面俯衝。發出『咚』這聲巨大聲響墜落的地點，不是公寓或白色大樓那邊，反倒是靠近住商大樓的地面。富澤後腦勺受到重創當場死亡，中年男性隨即發現他的屍體。結果富澤的死狀只像是從立東大樓的屋頂摔下來——就是這麼回事。」

「確實，從那具屍體倒地的位置來看，沒人認為富澤是從『錦町居』的四樓摔下來。何況他還在白色大樓外牆反彈，這種事甚至無從想像。」

過於意外的真相，使得麗子不禁露出傻眼表情。影山看著她繼續說明。

「另一方面，當時村山聖治先生剛好在立東大樓的樓頂悠哉吸菸。他當然完全不知道地上發生了什麼事。這樣的他在警方面前明確作證，案發當時樓頂除了他沒有任何人。因此，富澤彷彿是從完全沒人的樓頂墜樓身亡，實在是匪夷所思的這個狀況誕生了——本次事件就是這麼一回事。」

就這樣，明察秋毫的影山漂亮解開這個離奇墜樓身亡事件的真相。

不過，還是有一些不明之處。意外上演這齣奇妙墜樓事件的小野田綠尤其令人在意。麗子針對這一點發問。

「看見富澤摔到立東大樓旁邊的時候，綠是怎麼想的？」

「應該是認為富澤已經死亡吧。另一方面，她不知道立東大樓樓頂有村山聖治這個人。情急之下，她大概認為可以將富澤墜樓身亡偽造成是立東大樓那邊發生的事，為此必須盡快回收繩索。」

「繩索原本就是連接成繩圈方便回收吧？」

「是的。當時繩圈肯定是某處被剪斷，從白色大樓樓頂避雷針沿著牆壁垂下的狀態，而且另一頭綁在『錦町居』四〇二號房陽臺。既然這樣，只要從陽臺拉繩索就可以全部回收。第一發現者的中年男性應該是專心打一一〇報警，所以沒察覺自己背後正在進行犯案的善後工作。」

「結果綠沒被任何人發現，將繩索全部回收了。」

「是的。然後到了今天，綠面對前來打聽情報的大小姐等人，裝出心平氣和的表情回答問題，然後親自『發現』叔父離奇死亡的屍體。」

「唔～～原來如此。」不禁出聲感嘆的麗子忽然想到一件事，詢問身旁的管家。「影山，綠已經把那條繩索處理掉了嗎？還是依然藏在四〇二號房某處？」

「這個嘛，屬下不知道實際狀況如何，不過……」

影山始終以慎重語氣回答。「回收的繩索分量肯定非常占空間。如果要拿到公寓外面，肯定得抱著一大包東西經過那處公共玄關。這麼一來，她做這件事的身影……」

「防盜監視器肯定有拍到！」麗子搶話般說。「不過，我們確認過的防盜監視器影像，沒拍到她這種不自然的舉動。這麼一來，那條關鍵繩索很可能還在她房裡。她大概是想等案件風頭過得差不多再偷偷處理掉吧。」

「不愧是大小姐，真是敏銳。」影山肉麻稱讚之後繼續說明。「那麼事情就簡單了。只要監視綠的行動，成功逮到她處理繩索的場面，就會成為牢不可破的證據吧。」

「也對，我知道了。那麼影山，雖然你剛推理完，不過很抱歉……」

麗子說到這裡，向自己的忠實管家下達新的命令。「今晚的機密調查要再延長一段時間。就這麼監視『錦町居』吧。因為小野田綠可能今晚就抱著大包包從那處公共玄關現身吧？」

「嗯，確實有這個可能性……」管家不情不願點點頭，眨了眨眼鏡後方的雙眼，將手按在自己的胸口。「那個……大小姐，屬下也要一起監視嗎？監視那棟公寓？就這麼直到天亮？待在這裡？」

「是啊，有什麼意見嗎？」麗子狠瞪般看向一旁的管家，然後以開朗的聲音這麼說。「有什麼關係呢？你看，何況我們還有車！」

如果從特定角度思考，這輛漆黑車身的保時捷非常適合用來在夜間監視。

影山無視於積極無比的麗子，面有難色搖了搖頭。

「啊啊，真的很可惜。今晚屬下明明準備了特製鵝肝茶泡飯，要給大小姐當成宵夜享用……」

「不需要。」——話說「鵝肝茶泡飯」是什麼？這玩意好吃嗎？

雖然有點想吃吃看，不過今後有機會再說吧。麗子以不容分說的語氣單方面決定。「沒問題吧，今晚會熬夜喔。不，說不定可能會在深夜抓到大魚——呵，影山，我好期待。」

奇妙的期待在內心高漲，麗子忍不住笑了。反觀影山稍微垂頭喪氣，完全是一副投降的表情。他像是無可奈何般嘆氣回應。

「遵命。大小姐，請容屬下樂意陪同——」

第四話　五個鬧鐘

1

星期二早上快九點時，在立川市值完夜班的泉田龍二，和同事寺川護一起在JR國立站下車。前往東京市中心上班的白領族魚貫湧向月臺，兩人像是逆流而上般前進，好不容易來到站前圓環。在面前延伸出去的是象徵國立市的大學路。四月盛開櫻花的行道樹，在七月的現在綠葉輕拂，在道路兩側形成涼爽的樹蔭。

泉田沿著這條路直走，向身旁的同事開口。

「喂，寺川，難得有這個機會，要不要來我家坐坐？就在這附近。」

「這樣啊。」寺川避開前往車站的人潮。「不過這附近的房租不是很貴嗎？畢竟國立是貴婦名媛居住的城市，也有知名藝人住在這裡，很辛苦吧？」

嘴裡這麼說的四川，住在距離這裡徒步約十五分鐘的公寓。離家最近的車站是國立站，不過從行政區來看完全在國分寺市。其實他想住在國立，不過和房租預算商量的結果決定落腳在那裡。那麼在同一個職場做同一份工作的泉田，為什麼可以在國立車站附近租房子住？看來寺川對此感到十分不解。泉田咧嘴露出笑容揭開謎底。

「雖說是我家，卻不是公寓或大樓，其實是合租住宅，所以在地公務員的微薄月薪也能輕鬆租屋。」

「原來如此，有這種做法啊。」寺山打響手指，立刻朝泉田投以好奇視線。「所以，那間合租住宅有女生嗎？」

「當然。現在有兩人。一人是女大學生，另一人是護理師……」

「護理師！」寺川語氣像是得到冠軍般開心。「這是最棒的吧！」

「…………」這是最棒的嗎？唔，原來這傢伙比起女大學生更喜歡這種的。「順帶一提，男性除了我還有兩人，一人無業，另一人是自由作家……」

「不用了，我沒問男生。」寺川果斷打斷泉田的說明，展現充滿男人味……應該說男性本色的一面。「先說護理師的事給我聽吧。那個女生漂亮嗎？幾歲？漂亮嗎？是美女嗎……？」

看來他只對外表與年齡感興趣。這方面也充滿男性本色。

泉田從大學路轉進小巷。「這個嘛，年齡和我們一樣不到三十歲，漂不漂亮就因人而異吧。」他以無關緊要的形式回答。

但即使客觀來看，住在合租住宅的女護理師松本雪乃也足以歸類為美女吧。是否該讓她直接見到這個「超愛護理師的男性」？泉田有點擔心。

不過，應該沒什麼問題吧。泉田立刻重新這麼認為。

記憶回到昨晚，泉田正準備出門值夜班的時候，和同樣準備外出的松本雪乃在住宅的公共玄關巧遇。聽她說是被緊急叫去支援任職的醫院。「今晚可能要熬夜……」她露出鬱悶表情這麼說，泉田回以「加油吧」這句不負責任的激勵，然後先一步走出玄關前往自己的職場。

記得這是晚上八點多的事。那麼——

「呼哈哈哈，真可惜啊，寺川。依照昨晚的狀況，我猜那位女護理師還沒回家，即使回家也肯定因為通宵工作，所以正在被窩呼呼大睡吧。」

「這樣啊。那我回自己家吧。我走了，明天見……」

「等一下，別這麼說啦！你看，已經到了，就是這一棟。」地點是從大學路再走幾條小巷的位置，乍看不像是合租住宅，外觀像是獨棟大房子的建築物矗立在兩人面前。門柱上的銀色門牌寫著「日暮莊」。泉田踏入門後，向同事招手。「難得走到這裡就進來坐坐吧。至少會請你喝罐啤酒。」

「這樣啊，既然你這麼說了，我就去喝一下……更正，坐一下吧。」

泉田對同事的勢利態度露出苦笑，拿出自己的鑰匙打開公共玄關大門脫鞋入內，寺川也跟著進屋。總之看了一下一樓的公共客廳，但是沒有任何人。

「租客的房間都在二樓。」

泉田說著帶寺川前往二樓。但是在上樓途中，寺川忽然發出「唔」的聲音。「這是什麼聲音？」

不必豎耳聆聽，也確實聽得到某處傳來奇妙的聲音。噹噹噹的金屬聲以及鈴鈴鈴的電子合成聲。這兩種聲音混合起來傳到樓梯這裡。「哼哼〜〜」泉田哼著聲音開口說明。「應該是某人房裡的鬧鐘在響，而且是兩個鬧鐘同時。」

抵達二樓之後，兩種聲音變得更清楚。看來是從上樓之後沿著走廊前進的第二個房間——二號房傳來的。

寺川指向寫著「2」這個數字的門，發出傻眼的聲音。

「喂喂喂，有人強到這麼大聲都不會醒嗎？到底是什麼樣的漢子？」

「不是漢子，是松本雪乃小姐。這間就是那位護理師的房間。」

「是喔，這種事常發生嗎？」寺川壓低音量問。「兩個鬧鐘都在響，護理師卻還是常常沒醒？」

「是啊，她早上很難起床，所以經常發生這種事。不過奇怪了，松本小姐昨晚不是應該在醫院通宵嗎……」泉田詫異站在門前，握拳輕輕敲門，然後朝著門後這麼說。「松本小姐〜〜妳的鬧鐘聲音有點吵耶〜〜」

然而門後沒回應。這一瞬間，寺田眼睛彷彿發出亮光。

「喂，泉田，你打開這扇門看看。這是異常事態，現在或許分秒必爭。」

「居然這麼說，你其實只是想偷看護理師的私人空間吧？」

「沒錯。」寺川很乾脆地點頭。「不，是這樣沒錯，卻不只這樣！」他下一瞬間迅速搖頭。「說不定護理師在房裡陷入動彈不得的狀況吧？像是急病倒下之類的——好吧，既然你臨陣畏縮，就由我進去看看！」

「等一下，寺川。你要打開素昧平生的年輕女性房間往裡面看？這樣充滿犯罪氣息喔，真的沒關係嗎？」

「放心，沒問題。別人這麼做可能是犯罪，但我們這麼做屬於勤務範圍。交給我吧。」寺川握拳輕敲自己胸膛，裝出不像是剛值完夜班的精實表情，然後以洪亮的聲音向門後說明。「立川站西口派出所警員寺川護，基於緊急原因要打開這扇門——那麼打擾了！」

寺川右手抓住門把用力往外拉。門看來沒上鎖，意外地一拉就開。同時兩種鬧鐘聲也變得更刺耳，響遍二樓走廊。寺川毫不畏縮看向房內。這一瞬間，他發出「哇！」的驚慌聲。泉田也被這一聲引得探頭看向門後。映入眼簾的是非常意外的光景。

房間深處擺著床。身穿T恤的女性半邊身體從床上滑落，維持這個不自然的姿勢仰躺。睜大的雙眼就這麼不省人事無神看向虛空。細長的毛巾如同邪惡的蛇纏在脖子上。

「松……松本小姐！」

泉田推開寺川衝進房內。此時第三個鬧鐘告知新的時間。不是噹噹噹也不是鈴鈴鈴，這次是有旋律的鈴聲。時間是九點十分。如今響遍室內的鬧鈴聲增加為三種。

即使如此，松本雪乃還是沒醒。泉田將耳朵貼在她的左胸確認有無呼吸，但是沒有反應。她已經是心肺停止的狀態。不過觸摸身體就發現雪白的肌膚還有體溫，她遇害至今還沒有很久。

泉田抱著一絲希望向同事大喊。

「喂，寺川，叫救護車，快點！」

2

國立警署前方遠處的十字路口。寶生麗子從加長型禮車後座迅速下車，在駕駛兼管家影山「祝您大顯身手」的恭敬話語推動之下，今天也再度前往職場。麗子是寶生財閥總裁寶生清太郎的獨生女，但她甚至對同事也隱瞞這個事實，每天以女刑警的身分致力於繁忙的工作。由於有這個麻煩的祕密，所以麗子總是在國立警署前方遠處下車。要是全長七公尺的加長型禮車突然停在國立警署前面，祕密很快就不再是祕密。

「不過，今天也好熱啊……」麗子忿恨的視線朝向夏空。

明明才早上九點多，七月的太陽卻火熱到惡劣的程度，麗子很快就想脫掉上班穿的套裝外套。黑框的平光眼鏡差點因為流汗滑落。

就在這個時候，前方發現一個灰色褲裝的人影一樣要前往國立警署。麗子立刻從後方跑過去，輕拍她的肩膀。「早安，愛里。」

只有在不是正式值勤的時候，麗子會像這樣以名字稱呼這個可愛的後輩。值勤時會維持前輩態度叫她「若宮」或「若宮刑警」。

被叫到名字的若宮愛里刑警，隨即笑著說「啊，前輩早安」打招呼。麗子將臉湊到她旁邊，語帶玄機般輕聲說出「欸，妳昨天有看嗎？」這個問題，若宮刑警也隨即竊笑，同樣語帶玄機回以「看了，前輩有看嗎？」這個問題。

「看了，有看有看！」

「我也有看！」

兩人進行這種神祕對話，彼此「呵呵呵」「嘻嘻嘻」露出像是共犯的笑容。「沒想到白木居然向優理奈表白了。」「而且優理奈明明喜歡黑崎！」「可是黑崎眼中只有明日香……」「明日香又對白木那麼專情……」「呵呵呵，看來下週也絕對不能錯過了。」「嘻嘻嘻，我已經預約錄影了！」

走向職場的途中，兩人進行短暫的女孩對話。她們在聊昨晚看的電視連續劇《沒有終結的戀愛故事》，通稱《終戀》。在這裡刻意不提是哪家電視臺，不過是星期一九點在無線電視臺播放的熱門節目。劇情是男女共四名醫師與護理師交織的典型四角戀愛劇。過於老套的設定，令人誤以為是昭和連續劇般驚濤駭浪的進展，還有主角身世的祕密以及敵手們的嫉妒與奸計，甚至還加上密室殺人之謎豪華點綴，使得這部連續劇意外爆紅，從喜歡戀愛小說的女生到推理迷，一舉吸引廣泛的觀眾層，掀起一波追劇的風潮。

麗子與若宮刑警也不例外，完全沉迷於這種過於矯情的劇情鋪陳，逐漸被拖進《終戀》的泥沼。

雖然這麼說，卻也不能一直陶醉在連續劇的劇情。雖然兩人還沒聊過癮，但還是暫時將白木、黑崎、優理奈與明日香的複雜關係放在一旁，從國立警署的正門玄關進入室內。

此時她們聽到匆忙跑下樓的嘈雜腳步聲，接著出現的不是別人，正是兩人的上司，身穿高級白色西裝的風祭警部。看起來像是和往常一樣的耍帥服裝，不過仔細看會發現西裝材質換成很適合夏季的麻布。他的耍帥也換成夏季版本了。

「嗨，妳們來得正好。」風祭警部一認出兩人，就誇張地張開雙手這麼說，作勢要同時迎接兩名美麗的部下。身體可能不經意被觸摸。察覺這個危險的麗子與若宮刑警，慌張地和性騷擾上司保持距離。警部隨即再度接近兩人，然後不知為何壓低音量詢問。「妳們兩人，有看昨晚的《終戀》嗎——？」

過於意外的這個問題，使得麗子她們兩人眨了眨眼，然後連忙回答。

「那個，不，我沒看……」

「我也是。我也沒看……」

「啥，是嗎？」警部像是期待落空，英俊的臉孔露出不悅表情。「這樣啊，沒有啦，反正我也不是每週準時收看，哈哈哈！」

看來風祭警部每週都準時收看。如果對方不是這位上司，這裡也不是警察署的正門玄關，應該會熱烈聊起《終戀》的話題，但是在這個狀況無法如願。麗子裝出嚴肅表情詢問上司。

「不提這個，警部，怎麼回事？看您好像很匆忙的樣子。」

「對喔，差點忘了！」風祭警部像是想起什麼般大喊。「大學路附近住宅區的某間合租住宅出事了。一名女性護理師被某人勒頸，現在已經送醫。」

「您說什麼？」不過警部，真虧你敢在這種狀況提到連續劇的話題！

「警部～～真虧您敢在這種狀況提到連續劇的話題……」

「愛里……更正，若宮！」妳也不要多嘴啦！

無視於著急的麗子，後輩刑警一派從容。

風祭警部瞬間露出難受表情，重新以緊張的聲音下令。「總之趕往案發現場吧——啊啊，寶生妳搭我的捷豹吧，這樣比較快。」

風祭警部趁亂邀麗子坐他愛車的副駕駛座。

「不了，謝謝您！」

麗子立刻以堅定拒絕的話語駁回上司的邀請，摟住後輩肩膀這麼說。

「我搭若宮刑警的警車過去。那麼警部，到現場再會合吧。」

3

就這樣經過數分鐘後，若宮刑警駕駛的小型警車，載著副駕駛座的麗子在大學路疾馳。即使途中僅僅半秒就被響著警笛聲狂飆的銀色捷豹超車，依然努力趕往現場。到了遠遠看得見國立車站的時候，車子突然轉進小巷，視野一角隨即出現混亂的光景。像是獨棟大房子的建築物，周圍停了幾輛警車，路人群聚圍觀。

「看來這裡就是出事的合租住宅。」若宮刑警說著把車停好。

兩人立刻下車，以餘光看向寫著「日暮莊」的門牌進屋。上樓前往二樓的二號房一看，先一步抵達的上司就在房內。

「不好意思，警部，我們來晚了——」麗子姑且道歉。

「那當然！小型警車怎麼可能比我的捷豹還快！」

警部不滿大喊之後，說著「算了」伸手朝案發現場示意。「你們看，這裡就是護理師松本雪乃小姐遇襲的現場。」

麗子無須別人提醒，自行環視室內的狀況。是一間整潔的木地板房間。牆邊擺著小電視，正前方有矮桌與靠背坐墊。電視架旁邊是書櫃，並排的書籍有護理師會看的醫療相關專業書籍，也有漫畫與小說。放在房間角落的白色衣櫃，令人覺得很像是女性居住的房間。

在這樣的房間裡，問題所在的床擺放在靠窗位置。被害者已經送醫，所以床上沒人，不過枕邊並排兩個鬧鐘，而且不知為何床下地板也有兩個時鐘，不遠處的矮桌上也有另一個時鐘。合計是五個時鐘。這個房間裡的時鐘特別多。

「唔……松本雪乃這位小姐喜歡時鐘嗎？」

「若宮，不是這樣。」麗子委婉否定後輩的少根筋發言，以戴著手套的手確認五個時鐘，最後露出理解的表情點頭。「五個時鐘有數位也有類比，造型也各不相同，不過都有鬧鈴功能。總歸來說都是鬧鐘。被害者肯定是早上爬不起來的類型。」

「妳們這麼在意時鐘嗎？」風祭警部以毫不在意的樣子低語。「這不重要，應該先確認發現事件當時的狀況吧？那麼事不宜遲，把事件的第一發現者叫來這裡吧。」

若宮刑警回應「是～～」離開房間，不久之後帶著兩名青年回到麗子他們面前。兩人的名字是泉田龍二以及寺川護，問過才知道都是在立川站西口派出所值勤的警員。這樣的兩人在風祭警部面前明顯繃緊表情。

大概是從兩人的樣子看出端倪，警部以溫和語氣開口。

「好了好了，你們不必這麼緊張。比方說，即使我是『國立警署引以為傲，傳說中的菁英調查官』，現在的我們也不是警部與巡警的關係。你們始終是事件的第一發現者，我是『國立警署引以為傲，傳說中的菁英調查官』——對吧？」

「…………」警部，只有你自己的定位絲毫沒變吧？

麗子傻眼到說不出話。反觀兩名青年巡警回答「是……是的，警部先生說得沒錯。」聲音更加顫抖。風祭警部滿意點頭，然後終於進入正題。

「那就說來聽聽吧。你們成為事件第一發現者的來龍去脈——」

「……我說完了……更正，在下說完了，警部大人！」

從發現奄奄一息的松本雪乃到打電話叫救護車的場面，泉田龍二說完整段過程之後，以恭敬語氣詢問風祭警部。「請問有哪裡不明白的嗎？」

「嗯，若要說哪裡令我在意，首先是被害者的行動。依照你剛才的說法，松本雪乃小姐在昨晚八點多突然接到通知前往醫院，同時輕聲抱怨『今晚可能要熬夜……』。即使如此，今天早上的她卻設好五個鬧鐘，在自己房間床上睡覺。這不是很矛盾嗎？她什麼時候回到自己房間的？」

「在下也覺得這一點很奇怪。」泉田就這麼立正不動，筆直注視警部。「不過在下當時也出門值夜班，所以不知道松本小姐什麼時候回家。究竟是在深夜？還是清晨……」

「嗯，那我換人問吧。」警部說著改為面向寺川護。「泉田剛才說的是真的嗎？你們昨晚在立川的派出所值勤，到了今天早上一起來到這個房間，發現床上的被害者。是這樣沒錯嗎？」

「是的，當然沒錯。在下也一直和泉田在一起。」

「這樣啊，好，我知道了——啊啊，寶生、若宮，妳們兩人過來一下。」

風祭警部不知道在想什麼，招手要兩名部下到房間角落，然後壓低音量徵詢她們的意見。「關於他們兩人，妳們怎麼看？」

「…………」麗子與若宮刑警轉頭相視愣了一下。麗子像是代表發言般輕聲反問。「請問……警部在懷疑他們兩人嗎？」

「那還用說，當然很懷疑吧。畢竟他們是事件的第一發現者。比方說，如果他們預謀串通的話呢？值完夜班的他們在今天早上一起進入『日暮莊』，在這間二號房勒住松本雪乃小姐的脖子，讓她陷入心肺停止的狀態，然後若無其事偽裝成第一發現者叫救護車與警察過來。這姑且也是一種可能性吧？」

「警部，您居然懷疑這個嗎～～」

「簡直是惡魔，調查小組的惡魔！」

若宮刑警與麗子同時朝上司投以責難的視線。懷疑第一發現者是辦案的基本原則，不過警部居然以這種態度看待那兩人，著實令人驚訝。

「警部，這時候應該看在同樣是警察的交情，相信他們兩人的說法。否則接下來的調查連一步都走不下去喔。」

麗子呢喃般如此建議，疑心病重的警部看起來也接受了。「知道了。」他輕聲允諾，轉身重新面向兩名警員，然後裝出滿臉笑容。「嗨，謝謝你們。多虧第一發現者是你們這樣優秀的警察，今後的調查應該可以看見光明的未來——總之不用花費心力懷疑第一發現者了。」

「啊～～？」兩名男性異口同聲發出脫線的聲音。

風祭警部對兩人的困惑不以為意，突然轉變話題。

「那麼，說到疑點，我還在意另一件事，那就是時鐘。發現事件的時候，在這個房間響個不停的兩個鬧鐘。不，最後是三個鬧鐘在響——泉田，記得是這麼說明的吧？」

「是的，警部大人，一點都沒錯。」泉田以恭敬語氣回答。「上午九點十分整，第三個鬧鐘開始響了。我可以確定。」

「這三個鬧鐘是你按掉的？」這是麗子問的問題。

泉田依然使用恭敬語氣。「是的。雖然想過要以拯救被害者與保存現場為第一優先，不過三個鬧鐘一直響也不太好，所以在下和寺川討論之後按掉鬧鐘。」

「知道是哪三個鬧鐘嗎？」這次是若宮刑警發問。

泉田轉頭和身旁的寺川相視，然後指著床鋪。

「啊啊，當然知道。妳看，床下地板擺著兩個數位時鐘吧？」

「對，還有放在矮桌上的一個類比時鐘，總共三個。」

泉田與寺川一副「妳懂了嗎？」的表情，低頭看著嬌小的女刑警。被低頭注視的若宮刑警立刻泫然欲泣般看向麗子。「為……為什麼……為什麼他們只對我用平輩的語氣說話……明明不是朋友又不認識……」

「哎呀，說得也是。」由於年齡相近，想說這兩人和若宮或許在警察學校同屆，然而看來不是這樣——總歸來說，這個女生很容易被人瞧不起！

麗子忍不住同情起來，但總之先確認問題所在的三個鬧鐘。

直接放在木地板上的兩個鬧鐘，都是小型的數位時鐘，位於躺在床上伸手就構得到的位置。鬧鐘設定的時間是上午九點五分與上午九點十分。另一方面，放在不遠處矮桌上的時鐘，是看起來很復古的類比時鐘。顯示鬧鈴設定時間的短針筆直指著鐘面的「9」這個數字。

麗子看著鐘面開口。

「看來這三個鬧鐘，故意將鬧鈴時間設定為相差五分鐘。九點、九點五分以及九點十分。」

「原來如此。早上爬不起來的人經常這麼做。雖然經常這麼做，不過到最後大多還是完全爬不起來。」風祭警部如此斷定，轉頭看向另一名部下。「對了，若宮，床上枕頭旁邊的另外兩個鬧鐘也確認一下，看看鬧鈴設定的時間是幾點幾分——不對，不用看也知道！」

大概是被突然拉高分貝的上司嚇到，走向床頭的若宮刑警發出「呀」的尖叫聲，往前撲倒在床上。但是警部看起來毫不在意，說出自己的想法。「沒錯，我不用看也知道。鬧鐘設定的時間是上午八點五十分與八點五十五分——若宮，我說得沒錯吧？」

「嗯，看來確實和警部說的一樣。」

若宮刑警慢慢從床上爬起來，拿起枕頭旁邊的兩個時鐘給警部他們看。

一個是類比時鐘，設定鬧鈴的指針朝向鐘面「9」這個數字的前一格，也就是八點五十分。另一個時鐘是數位的，鬧鈴設定時間確實是八點五十五分。看來警部算是正確。

「兩個時鐘的鬧鈴都是關閉的——所以警部，這是怎麼回事？」

麗子向上司提出幾乎已經確認答案的這個問題。

「啊，前輩，這是因為……」

若宮刑警多管閒事想開口，所以麗子狠狠瞪著她，阻止這個後輩多嘴——愛里，不要老是犯下相同的過錯啦！這時候讓警部說個痛快就好！

若宮刑警在這幾個月似乎也多少有點長進。「啊，不，我也不知道～～」她立刻這麼說，然後乖乖閉嘴。得到表現機會的風祭警部，像是迫不及待般得意洋洋開口。

「哎呀哎呀，妳們連這種事都不知道嗎？這五個鬧鐘大致顯示松本雪乃小姐遇害的時間。聽好了，泉田與寺川兩人衝進這個房間的時候，設定在八點五十分與八點五十五分的兩個時鐘都沒響。換句話說，鬧鈴在這個時間點已經關閉。按掉鬧鐘的是凶手還是被害者，老實說不得而知，不過無論是誰都一樣。至少八點五十五分的時候，凶手或是遭到毒手的被害者位於這個房間。所以在八點五十五分的這時候，凶手還沒有行凶，或是正在行凶，也可能是剛行凶完畢。」

「原來如此。」麗子點了點頭。「確實是這樣沒錯。」

「不過到了上午九點，犯行應該已經完全結束，凶手已經離開這個房間。反觀被害者是奄奄一息的狀態。這麼一來，設定在下午九點以後的三個鬧鐘沒人可以關閉，所以三個鬧鐘依序在上午九點、九點五分以及九點十分響起。」

風祭警部的推理，麗子早就完全知道，所以沒什麼好驚訝的。若宮刑警則是不知為何看起來很睏。另一方面，派出所兩名警員不知道是認真的還是開玩笑，「原來如此，不愧是警部大人！」「這就是傳說中的風祭魔術！」一副讚不絕口的態度。或許是想從派出所轉調到刑事課吧。

無論如何，大概是被他們這種態度取悅，風祭警部擺出沒必要擺的誇張姿勢說出結論。

「因為這樣，所以肯定沒錯。這個事件的犯行時間，限定在上午八點五十五分左右到上午九點這麼短的時段。」

沒人對警部的斷定提出異議。此時麗子立刻向泉田確認。

「這間合租住宅總共幾個人一起住？」

「五人。」泉田如此回答。其中一人是被害者松本雪乃，另一人是第一發現者泉田。這麼一來只剩下三名租客。而且進一步詢問之後得知，合租住宅的玄關大門是電子鎖，租客使用自己的鑰匙進出。也就是說——「沒鑰匙的外人想入侵住宅行凶是非常困難的事。警部，應該可以這樣認定吧？」

「嗯，那當然，寶生。」

風祭警部沉重點頭，重新面向兩名部下，以充滿自信的表情發表接下來的調查方針。

「換句話說，這次事件的嫌犯可以鎖定是合租住宅裡的三人。那麼事情就簡單了，直接見這三個人詢問不在場證明就好。上午九點這個行凶時間之前的不在場證明！」

4

不久之後，風祭警部帶著寶生麗子與若宮刑警離開二號房。他們接下來要和被害者松本雪乃的合租室友面談詢問詳情。在這種狀況下，「合租室友」當然等同於「嫌犯」。

順帶一提，「日暮莊」二樓的格局簡單明瞭。上樓之後是一條筆直延伸的走廊，五扇門面對這條走廊。距離樓梯最近的是一號房，最遠的是五號房。風祭警部首先前往一號房。若宮刑警站在這扇木門前面，單手拿著手冊補充說明。

「詢問泉田龍二先生之後，得知一號房的租客是山下彩小姐。就讀附近大學經濟系的二十歲大學生。」

「喔，女大學生嗎？那她是凶手的機率感覺很低——若宮，妳如果這麼想就大錯特錯了！」風祭警部單方面提醒菜鳥刑警注意，裝模作樣搖晃手指。「即使是嬌弱的大學生，只要有心當然也可以拿毛巾勒住隔壁租客的脖子。急著下定論是大忌。」

「是，我知道。」後輩刑警過於率直地回應。

麗子一聽到她的回應就不禁嚇一跳——不對啦，愛里！這時候不該說「我知道」，要說「屬下明白了」才對吧！

在微妙的氣氛中，麗子咳了幾聲，然後輕敲面前的門。

現身的女大學生山下彩，是身穿粉紅T恤加白色短褲的嬌小女性。討喜的圓臉蛋和鮑伯頭短髮十分搭配。她說聲「請進」邀刑警們進房。

內部是很像年輕女性房間的華美空間。

地上鋪著粉紅地毯，地毯上擺著一張白色矮桌。床包也是粉紅色。雖說是大學生，卻沒看見書櫃或書桌等家具，取而代之的是型男動畫角色的相關精品特別引人注目。風祭警部讓她坐在床角，然後立刻發動詢問攻勢。「──呃～我說同學，妳是在這個房間的哪裡唸書？」

「刑警先生，您首先想問的是這件事？」

山下彩詫異歪過腦袋。警部的問題確實偏離靶心，應該說完全射向不同的靶子。她姑且回答警部這個問題。

「唸書的時候會使用公共客廳的桌子。不提這個，刑警先生，聽說雪乃被勒頸重傷送醫，這是真的嗎？我在大學的時候，泉田先生用LINE告訴我這個消息，我連忙衝出大學趕回這裡，卻完全不知道是怎麼回事……」

「嗯，說來遺憾，這是真的。」警部沉重點頭之後終於進入正題。「所以我想請教一件事。山下彩小姐，關於松本雪乃小姐被某人襲擊的原因，妳心裡有底嗎？比方說憎恨她的某人，或是曾經產生摩擦的對象，如果有這種人，希望妳可以告訴我。」

「不，我完全想不到這種人。雪乃是人見人愛的大姊姊類型。至少和這間房子的租客都處得很好。」

「嗯，這樣啊。不過這樣的她在這間房子被某人襲擊也是事實。」警部說到這裡開門見山發問。「山下彩小姐，今天早上九點左右，妳在哪裡做什麼？當時妳在這間合租住宅嗎？」

警部這個問題是在問她的不在場證明。山下彩應該也充分理解這一點，斷然搖頭之後回答。

「不，上午九點的時候，我已經離開屋子走路去學校了。我應該是上午八點四十五分左右走出玄關，所以上午九點應該快到大學校門口吧——咦，開始上課的時間？是九點整，不過應該沒什麼關聯性。因為我今天去大學不是要上課，是去參加社團活動。別看我這樣，其實我是大學『型男研究社』的社長。泉田先生通知的時候，我也是在『型男研究社』的社辦收到消息。」

「……………」居然還有社辦？為了這個稀奇古怪的社團？

麗子腦海立刻浮現這個疑問，但現在不該討論這個話題。麗子親自詢問山下彩。「妳在上午八點四十五分走出『日暮莊』的玄關，有人能證明這件事嗎？」

「應該沒有。我走出一號房下樓從玄關外出的過程中，完全沒遇見這間房子的租客。」

「前往學校的途中，有沒有和哪位熟人一起走？」

「這也沒有。我一直都是一個人走。」
「那麼在社團辦公室有遇到其他社員嗎？」
「怎麼可能。因為『型男研究社』除了我沒有任何社員喔！」
「…………」那為什麼有社辦？這所大學真的很神奇！
麗子一時衝動很想打破砂鍋問到底，但她還沒發問，風祭警部就從旁插嘴。「那麼妳走出『日暮莊』的時候，有什麼和平常不一樣的地方嗎？比方說聽到奇怪的聲音之類……？」
「不，沒什麼特別的地方。感覺屋內比平常還要安靜。」
上午八點四十五分的時間點，事件恐怕還沒發生。五個鬧鐘肯定也連一個都沒響。那麼她說合租住宅內部安靜無聲的這段證詞沒有矛盾。但是無論如何，她在上午九點左右的行動，看來沒有其他人能作證。換句話說，今天早上的山下彩沒有確切的不在場證明。警部在這時候換個話題。
「那我問一下昨晚的事吧。妳昨晚有看見松本雪乃小姐嗎？」
「嗯，有看見。昨晚在一樓的公共客廳……」
「喔，正確時間大約幾點？」
「我想想，當時我剛好吃完晚餐回來。我晚上八點半左右去附近的連鎖餐廳吃飯，然後喝著飲料吧的咖啡滑手機，應該在店裡待到晚上快十點。所以我應該是晚上十點多在『日暮莊』遇見雪乃。」

「什麼，真的嗎？妳說被害者晚上十點多在『日暮莊』……」

「嗯，肯定沒錯。雪乃當時在公共客廳一個人喝咖啡。」

「當時妳和松本小姐說了什麼嗎？她對妳說了什麼嗎？」

「雪乃當時不知為何穿著上班用的褲裝。我覺得很奇怪，問她說『妳要出門嗎？』然後她搖搖頭說『不是，我剛回來』，語氣滿不高興的。後來聽她說，她收到緊急通知趕去上班的醫院，卻只是醫院叫錯人，結果她什麼都沒做，就這麼白跑一趟，雪乃當時氣沖沖的。我只說『這樣啊，辛苦妳了』之類的話，直接回到自己房間，後來再也沒機會見到她。」

「原來如此，是這麼一回事嗎……」

聽完山下彩的意外證詞，風祭警部逕自納悶點頭。

接著麗子他們前往三號房。若宮刑警再度看著手冊說明。

「三號房的租客是杉浦明人先生，二十八歲，職業是自由作家。主要是在企業宣傳雜誌或小眾雜誌寫專訪報導，志願是成為小說作家。」

「唔，想當小說作家的青年男性嗎？真的很可疑……」

警部，這是偏見喔——在內心如此低語的麗子輕敲三號房的門。開門現身的是五官意外工整的高瘦英俊男性。

出乎預料的演變使得麗子有點慌張。說到想當小說作家的青年男性，她以為從門後出現的會是外表不起眼，無法出人頭地，戴著厚厚眼鏡的邋遢男性——這是偏見嗎？

這當然是很過分的偏見。但是警部與麗子將自己的偏見藏在心底，以親切態度面對眼前的男性。杉浦明人看起來沒懷疑什麼，說聲「請進」邀刑警們進入他的房間。

室內看起來很簡單，顯眼的家具只有床與書櫃。沒有電視，不知道是不是當成替代品，書櫃上有一組迷你音響，旁邊隨意堆疊幾張像是古典音樂的CD。

眼尖發現CD的風祭警部，眼神立刻變得像是鎖定獵物的獵犬，拿起這幾張CD。「喔，維也納愛樂管弦樂團嗎？這麼說來，我以前也聽過他們現場演奏。沒錯，記得當時是在布魯塞爾的古老劇場舉行演奏會……」警部極度巧妙地出言炫耀。他炫耀的重點當然不是「維也納愛樂」或是「古老劇場」，而是「布魯塞爾」這個地名吧。

非常清楚這一點的麗子滿臉不耐，把上司的話語當成耳邊風。

然而，身旁不太清楚的少根筋後輩露出打從心底吃驚的表情。「好厲害～～警部，您去過布魯塞爾嗎？」這是發自內心的反應。接著她說出「我也好想去一次西班牙～～！」這句超乎想像的感想，這使得面露得意笑容的警部立刻說不出話，麗子也不禁愣住——愛……愛里，是比利時啦！布魯塞爾是比利時的首都！

「哎，總之算了，管它是布魯塞爾還是馬德里都沒差……」

警部像是重新振作般說完，終於重新面向立志寫小說的這名男性。「關於被害者遇襲的原因，你心裡有底嗎？」首先和剛才面對山下彩的時候一樣，詢問犯罪動機相關的問題。不過杉浦明人理所當然般搖了搖頭。

「不，因為松本小姐是人見人愛的女性……」

此時警部開門見山問他。「今天早上九點左右，你在哪裡做什麼？」

「唔，刑警先生，這難道是在調查不在場證明？」

「沒什麼，只是形式上問一下。杉浦先生，方便回答嗎？」

「嗯，那當然。雖然這麼說，但我沒什麼確實的不在場證明，因為我今天早上一直在這個房間的床上呼呼大睡，是突然聽到很大的聲音才醒來。一個男的大喊『叫救護車，快點！』，接著我好像隔著牆壁聽到好幾個鬧鐘聲。然後我從床上跳起來，立刻走出房間去看隔壁的二號房。當時泉田先生在裡面，像是他同事的男性正在用手機打一一〇。松本小姐無力躺在床上。但我只知道這些。因為犯人行凶的時間，我在這個房間享受夢鄉。」

「唔～～真可惜。如果你在上午九點前清醒，二號房正在行凶的時候，你應該多多少少聽得到一些動靜吧……」

「實際上是這樣沒錯吧。不過我基於工作性質，作息日夜顛倒，所以早上九點對我來說就像是三更半夜。」

「原來如此。既然是三更半夜，沒有不在場證明也是當然的。」

「哎，就是這麼回事。不過刑警先生，即使沒有不在場證明，您該不會還是要堅稱我是凶手吧？」

「當然不會。現階段還無法斷定任何事。」

警部說完換個方向詢問。「順便請問一下，杉浦先生，你昨天有在哪裡見過松本雪乃小姐嗎？」

「不，這麼說來，我昨晚一次都沒見到她。記得她昨晚八點多有急事趕去醫院吧？」

「喔，你明明沒見到她卻這麼清楚，為什麼？」

「嗯，雖然沒直接見面，不過我湊巧聽到松本小姐即將出門的時候向泉田先生發牢騷。我當時在一樓的公共客廳吃泡麵當晚餐。記得是晚上八點多的事——咦，在那之後嗎？我吃完晚餐就暫時窩進房間專心工作了。我整理小眾雜誌委託我寫的報導，一直埋首工作到晚上十點多。」

「唔，晚上十點多？」聽到這個時間的風祭警部眼睛一亮。「松本小姐剛好在這個時間從醫院回來這裡，有人是這麼證實的。你沒察覺什麼嗎？」

「咦？這我不確定。這麼說來，當時我好像感覺二號房有人進出，但是不確定。因為我工作時一直放音樂。是的，用那臺迷你音響播我愛聽的古典樂。」

「嗯，維也納愛樂管弦樂團吧。我也很喜歡。在布魯塞爾的劇場聽到他們現場演奏的音樂時，我真的感動到內心在顫抖……」

——等一下，警部，這段炫耀又重播了！

麗子在內心吐槽，再度露出不耐煩的表情。老實說，甚至不知道是否屬實的警部回憶，現在一點都不重要。「總歸來說！」此時麗子像是要打斷上司的閒聊般猛然插嘴。「因為一邊聽音樂一邊專心工作，所以沒聽到隔壁房間的狀況。杉浦先生，是這麼一回事吧？」

「是的，正是這麼回事。」

立志成為小說作家的這名男性這麼說完，露出潔白的牙齒一笑。

離開三號房的刑警等人，走向隔壁的四號房。順帶一提，五號房是第一發現者泉田龍二的房間，所以如今造訪也沒意義。「日暮莊」裡可能是嫌犯的租客，接下來是最後一人。若宮刑警再度單手拿著手冊簡單說明這名人物。

「四號房的租客是木田京平先生，二十三歲。直到今年春天都是大學生，但是求職失敗，後來沒找到固定工作，兼職工作也做不久，最近好像都窩在自己房間過著自甘墮落的生活——警部，真的很可疑耶。」
「喔，若宮，妳也這麼認為嗎？我也正在想一樣的事。」
——愛里，不可以！要是和警部陷入一樣的思考邏輯，刑警生涯就完了！
內心五味雜陳的麗子看著後輩，輕敲四號房的門。這次現身的真的是戴著厚厚眼鏡，外表也不起眼的邋遢男性。身穿灰色五分褲加上迷彩T恤，粗粗的脖子不知為何掛著耳機。「有什麼事嗎？」
木田京平以惺忪的眼神問，風祭警部向他出示刑警手冊。
「我想問一些問題。」
警部告知來意之後，他沒邀請刑警們進房。「那就在這裡吧……」他說著雙手抱胸，像是阻擋眾人進入開啟的房間。「好啦，想問的話就問吧，儘管問。」
受不了，真拿他沒辦法——警部露出這樣的表情發問。「被害者是人見人愛的女性，不會招人怨恨，所以完全猜不透她為什麼會被襲擊——你說沒錯吧？」
「刑警先生，這種自暴自棄的問題是怎樣？」木田京平傻眼這麼說。「不過實際上，我認為松本雪乃小姐不是會招人怨恨的類型。我也不知道她為什麼會被襲擊……所以呢？」
「嗯，所以我想問你今天早上九點左右的事。方便說明你當時在哪裡做什麼嗎？」

「唔，上午九點嗎？當時我一直在這個房間打電玩。是最近剛出的RPG，叫做《逃離吧，殺戮森仇會》。」

「喔，一大早就開始打電玩？」

「不，昨晚就開始打電玩！」

不知道究竟有什麼好炫耀的，男性挺起T恤胸口。警部露出愈來愈懷疑他的表情。「有人能證明你今天早上在這個房間打電玩嗎？」

「沒有。因為我一直都是一個人。」

「那麼你打電玩的時候，有聽到二號房發出爭吵之類的聲音嗎？」

「不，沒聽到。」木田京平想都不想立刻回答。

麗子忍不住插嘴。「先生，可以再回想一下嗎？二號房與四號房距離沒那麼遠吧？應該有可能聽到爭吵聲或尖叫聲——沒錯吧？」

「刑警小姐，雖然有可能，但我沒聽到喔。」他說著指向自己脖子的耳機。「因為我打電玩的時候一定會戴耳機，沒戴的話會吵到隔壁室友，所以即使二號房發出有點大的聲音，我也不會察覺。順帶一提，我之所以察覺二號房的事件，是泉田先生直接敲我房門說明出事了，我直到那一瞬間都在專心打電玩，完全沒察覺任何事。」

「啊啊，原來如此……」麗子不得不信服。

在耳邊持續響起遊戲音樂或電子音效的狀況，他確實聽不到較遠房間的聲音吧。麗子沉默下來，風祭警部代替她再度詢問。

「你說你從昨晚開始打電玩，到底是從幾點左右開始的？」

「我想想，嗯，從昨晚快九點的時候。」

「啊？你說九點前？」警部端正的臉孔繃得緊緊的。「也就是說，你從昨晚快九點到今天早上九點多，連續打了十二小時以上的電玩？喂喂喂，還好嗎？你這樣會死的！」

「放心，刑警先生，我不會死的。因為我連續打電玩的紀錄是十六小時。」

男性再度挺起胸膛，像是在述說自己的英勇事蹟。警部露出傻眼表情。

「為求謹慎請問一下，你昨晚有見到松本雪乃小姐嗎？」

但他聽到這個問題，再度想都不想就搖頭。

「不，昨晚我們一次都沒見面——咦，您說她晚上八點多出門，十點多就回來了？呃，這樣啊。但是我不知道。說起來，昨晚這件事和今天早上的事件有什麼關係？」

木田京平一臉打從心底詫異般反問。「不，這部分還不能斷言什麼……」風祭警部只能含糊回答。

5

向所有嫌犯問完話之後，刑警們再度回到被害者居住的二號房。下一瞬間，風祭警部口中說出大為不滿又失望的話語。

「可惡，這是怎樣！到頭來，沒有任何嫌犯擁有確切的不在場證明，那我們辛苦依序詢問不在場證明簡直白費力氣吧？如果三人中的兩人有完美的不在場證明，另一個傢伙說『我獨自待在房間』的話，明明就可以毫不猶豫斷定『你就是凶手』了！」

──這是哪門子的「明明就可以」？警部，你只是想樂得輕鬆吧？

麗子在內心犀利吐槽。不知情的警部誇張地雙手一攤。

「真是的。這麼一來調查又回到原點了。」

他嘆氣說。反觀若宮刑警像是想到什麼般走向矮桌彎下腰，目不轉睛注視桌上的類比時鐘。好奇的麗子從後輩刑警背後觀察同一個鬧鐘。「若宮，怎麼了？這個鬧鐘讓妳在意什麼嗎？」

「啊，是的……不對，那個……沒事……」

──說出來啦！愛里，說出來沒關係的，再自信一點！

麗子以視線鼓勵，不可靠的菜鳥刑警似乎因而變得稍微積極，拿起桌上的鬧鐘。「我剛剛發現……」她說著將鐘面朝向麗子。「前輩請看，這個時鐘是不是不太準啊？」

「唔，是嗎？」麗子想看自己的手錶確認，將左手腕移到面前。

不過在前一剎那，風祭警部將自己的左手伸到麗子前方。

「那麼寶生，用我的手錶確認吧！因為我的手錶是勞力士，在任何狀況都不會出現誤差的頂級手錶！」

「這……這樣啊～好……好厲害喔～」麗子說出空虛的感想──不過我的手錶也是蒂芙尼的高級品，應該不會輸給警部！

但是和上司比較手錶的高級程度也沒有意義。麗子悄悄藏起自己的左手腕，看向警部的勞力士。

手錶的長短針剛好都朝向正上方。

「啊，正好是中午十二點。然後這個類比時鐘是十二點二分。原來如此，若宮刑警說得沒錯，這個時鐘確實不太準。」

正確來說是快了兩分鐘左右。為求謹慎，麗子也檢查另外四個鬧鐘，不過都顯示正確時間──那麼，為什麼只有這個鬧鐘不準？

麗子懷抱些許疑問歪過腦袋。但是另一方面，風祭警部像是沒感覺到任何疑問般開口。「沒什麼，那個鬧鐘看起來是便宜的類比鬧鐘，而且好像很舊了。肯定是用到現在愈來愈不準吧。相較之下，我愛用的勞力士戴了五年，至今從來沒有……」
感覺警部還要繼續炫耀下去，但是已經沒部下聽他說話。麗子再度看向後輩刑警手上的類比鬧鐘，顯示鬧鈴設定的指針筆直指著鐘面的「9」。麗子確認之後向後輩刑警低語。「所以愛里……更正，若宮，這是什麼情形？」
「唔，既然時鐘本身快兩分鐘，那麼換句話說，開始鬧鈴的正確時間不是上午九點，而是上午八點五十八分吧？」
「也對。確實是這麼回事……」
不過，這短短兩分鐘的誤差真的有意義嗎？
麗子專心思索，但是到頭來想不到任何可能性。
若宮刑警也輕聲說著「難道沒什麼意義嗎？」將時鐘放回矮桌。
在這樣的狀況中，風祭警部半故意地重複炫耀自己的勞力士，看來他還會繼續說一段時間——

6

「——大小姐，屬下想順便請教一下。」身穿西裝的管家客氣說出這句開場白，手指輕輕按在自己的時尚眼鏡鏡框，以沉穩的低音詢問。「被害的松本雪乃小姐到最後沒得救。雖然以救護車送醫卻回天乏術。屬下可以這麼認定嗎？」

「嗯，說來遺憾，但你說得沒錯。」

麗子在沙發上露出難過表情，傾斜手上的葡萄酒杯喝一口紅色液體，然後斜眼看向一旁待命的管家影山。「所以我才像這樣想藉助你的智慧吧？說起來，如果被害者得救的話就簡單了，直接問本人『是誰勒妳脖子？』就可以了。就是因為沒辦法問才傷腦筋啊！」

麗子有點亂發脾氣般說出不滿。反觀影山眉頭都不皺一下。「您說得沒錯，大小姐。」他說完恭敬低頭。

時間已經是晚上十一點。麗子結束刑警的繁忙工作回到寶生邸，從工作用的黑色褲裝搖身一變，如今換上大小姐風格的粉紅連身裙，在豪華客廳享受短暫的休閒時光。但即使在這段時間，今天早上命案的記憶也不曾離開她的腦海。想要努力找到破案線索的麗子，請影山聽她說明案件細節——不對，是叫影山聽。基於立場，大小姐不可能低頭求管家聽她說明。

順帶一提，影山是服侍寶生家的一介管家，卻具備優秀的偵探天分，這樣的他以往屢次——應該說每次國立警署的管區發生難解案件——憑著無與倫比的推理能力解開錯綜複雜的謎團。案件的推理總是從影山傳達給麗子，再從麗子傳達給風祭警部，最後成為警部一個人的功勞（也曾經因而促成錯誤的人事命令，使得警部榮升進入總局）。

影山以平穩語氣述說案件要點。

「從五個鬧鐘推測的行凶時間，是將近上午九點前。不對，鬧鈴設定在上午九點的類比時鐘比實際時間快兩分鐘，所以嚴格來說，行凶時間是將近上午八點五十八分前。看起來應該是這樣。然而無論如何，三名嫌犯沒有任何人在這個時間提出確切的不在場證明，大小姐因而完全束手無策……」

「不，你錯了。」麗子像是重叩般將玻璃杯放在玻璃桌之後斷言。「並不是束手無策，只是調查過程陷入瓶頸罷了！」

「大小姐，這是差不多的意思。」

影山露出苦笑，麗子撇頭不予理會。

「這……這個嘛，哎，或許吧──總之嫌犯人數減少到三人，但是接下來就沒有進展了。目前只要想懷疑，那麼這三個人都有嫌疑。」

「無法從人際關係清查嗎？只要調查被害者的手機，屬下認為應該可以釐清她的交友關係吧？」

「這沒辦法。我們找過被害者的手機，結果到處都找不到。肯定是凶手搶走了。凶手不希望自己和被害者的關係曝光。」

「原來如此，這樣啊……被害者的手機失竊嗎……」

黑衣管家沉默下來，像是覺得哪裡不對勁。麗子連忙看向他。

「幹麼，影山你怎麼了？難道是靈光乍現……」

「不，屬下還不能多說什麼。」

影山慎重搖搖頭，立刻問另一個問題。「其實在大小姐剛才的說明裡，有一件事難以理解。就是快了兩分鐘的那個類比時鐘。依照您的說法，那個時鐘放在矮桌上，不過光是聽您的說明，屬下無法正確掌握這個時鐘和矮桌、床鋪的相對位置。」

「這也難免。」麗子點點頭。沒看過實際現場的影山當然沒概念。此時麗子決定詳細說明。「影山你看，假設我坐的沙發是松本雪乃的床，那麼現場的矮桌位置幾乎和這張玻璃桌一樣。然後那個類比時鐘……」麗子說著拿起玻璃杯，重新放在玻璃桌邊緣——離她所坐位置最遠的場所。「對，大概是這附近。」

「哎呀，出乎意料離床鋪很遠耶。」影山交互看著沙發與玻璃杯的位置說。「既然離這麼遠，要從枕邊伸手按掉鬧鐘應該不可能吧……」

「是啊，不過這沒什麼好奇怪的。」

麗子抓準機會說出自己的論點。「說起來，我覺得把鬧鐘放在枕邊反而才有問題。因為只要伸手就可以輕易按掉吧？那就不叫做鬧鐘了。簡直像是為了睡回籠覺才設定鬧鐘，真的笨死了。」

「原來如此，了不起的見解。」管家深感佩服，緊接著咧嘴看向麗子。「順便請教一下，大小姐的鬧鐘放在寢室哪裡？」

「啊？這這……這種事，和和……和你無……無關吧……」

麗子突然慌張到害羞的程度。雖然不必刻意說明，不過麗子寢室的鬧鐘放在她伸手可及——或許不必伸手也可及——的枕邊。因此鬧鈴嗶嗶響起之後，麗子不到三秒就會親自按掉，就這麼第二次進入夢鄉。這在寶生家是如同紀錄片般反覆上演的日常光景。

補充一下，稍微用力敲門叫醒再度睡著的麗子是傭人的工作，所以這對於影山來說完全不是「無關的事」，但是不提這個——「剛才的發言是屬下冒犯了。大小姐，對不起。」

影山以鄭重態度低頭致歉，麗子露出尷尬的笑容。

「總……總之，鬧鐘的位置不重要……」

「或許吧。不過在案發現場，關於被害者床鋪和五個鬧鐘的相對位置，屬下不得不覺得有點奇怪。」

「唔，你是說哪裡奇怪？」

「哎呀，大小姐，您不知道嗎？」

「我不知道才會問你吧——啊，就算這樣！」麗子突然感受到危險，向前伸直雙手，像是要躲避前方射來的話語子彈。「就算這樣，也千萬別說我的眼睛是裝飾品或是腦袋有問題！你敢說我就立刻開除！」

「不，請不用擔心這種事。」影山微微聳肩。「屬下絕對不會說大小姐腦袋有問題。」

「是嗎？但你很久之前說過我『眼睛是裝飾品』吧？」

「屬下確實說過。不過，這部分也請放心——現在大小姐的眼睛絕對不是裝飾品。」

「這樣啊，那就好。」——慢著，不對，一點都不好！麗子指著自己的眼睛大喊。「從以前到現在，我的眼睛從來都不是裝飾品啦！連一次都不是！」

「啊啊，說得也是——呵呵。」

「笑什麼笑！」

忿恨不平的麗子，再度拿起玻璃桌邊緣的葡萄酒杯仰頭喝了一口。「哎，算了，回到剛才的話題吧。記得是在說松本雪乃的床和鬧鐘的相對位置吧？這部分哪裡奇怪了？」

「依照大小姐的說明，現場有五個鬧鐘。鬧鈴設定為八點五十分與八點五十五分的兩個時鐘放在床上枕邊，設定為九點五分與九點十分的另外兩個放在床下的地板——」

「嗯，對。」

「然後，只有鬧鈴設定在九點整的時鐘放在矮桌。是這樣沒錯吧？」

「嗯，沒錯……影山，你想說什麼？」

「回想起來，大小姐剛才說的『防止睡回籠覺理論』確實有道理。實際上應該有很多人為了防止睡回籠覺，故意將鬧鐘放在伸手搆不到的位置。這麼說的屬下也是其中之一。」

「你早上確實都不會睡過頭耶～～了不起～～！」

「沒什麼了不起的。光說理論卻一點都不肯實踐的大小姐，問題反而比較大……不對，現在不是要說這件事。」影山清了清喉嚨，硬是回到時鐘的話題。「如果只有一個設定在九點的類比時鐘放在遠離床鋪的位置，那就沒什麼。可是既然這樣，設定在九點五分與九點十分的兩個時鐘，為什麼要放在床邊？屬下對於這一點感到疑問。這兩個時鐘放置的位置，反而應該比設定為九點整的時鐘更遠吧？大小姐，您不這麼認為嗎？」

「原來如此。時間過得愈久，放愈遠的時鐘就會響。結果再怎麼貪睡的人都不得不爬出被窩，這麼放才是最有效的。可是實際上不是這麼放。只有設定在九點的時鐘被孤單放在矮桌上。你覺得這一點不對勁——是吧？」

「正如大小姐所說。屬下覺得現場的狀況著實奇妙。」

影山像是深得我意般露出滿意的表情。以餘光看著他的麗子頓時感到納悶。「是嗎？影山，是你想太多吧？」

「啊……？」這一瞬間，管家臉上明顯露出失望神色。接著影山以指尖將鼻頭的眼鏡往上推。「不，這不是屬下想太多。反倒應該是大小姐想太少了——恕屬下冒昧，大小姐！」

影山將臉湊到坐在沙發的麗子耳邊，以清晰的語氣這麼說。

「頭不是用來戴帽子的。」

7

——唔，影山，你在說什麼？頭就是用來戴漂亮帽子的吧？這不是理所當然嗎？如果帽子不戴頭上要戴哪裡？

麗子腦中忽然浮現好幾個問號，頓時愣住。但她在下一瞬間終於察覺自己被嘲笑，再度將葡萄酒杯放回桌上，聲音劇烈顫抖。「你你……你說什麼，影山？你的意思是要本小姐多用一下大腦嗎？」

「呃，是這樣沒錯……不過大小姐，您花了不少時間。從屬下挖苦到大小姐動怒，間隔也太久了……」

「沒那回事，沒有什麼間隔啦！我在聽到的瞬間就聽懂了！」

「這樣啊，聽到您這麼說，屬下就放心了。」
「放什麼心啊，笨蛋——！」
麗子慢半拍將憤怒能量完全釋放，這聲咆哮撼動寶生宅的客廳。不過西裝管家面不改色，只以手指輕輕按住眼鏡邊框，從容將她的怒吼當成耳邊風。
看到他這種態度，麗子怒不可遏地反問。
「影山，你說本小姐想太少……這是什麼意思？」
「沒什麼，正是字面上的意思喔，大小姐。」
出言不遜的管家若無其事斷言，在錯愕的麗子面前主動說明。
「大小姐也提到，屬下覺得鬧鈴設定在九點的類比時鐘怪怪的。但這不只是因為這個鬧鐘孤單擺在離床鋪很遠的位置——說起來，大小姐認為松本雪乃小姐今天早上設鬧鐘是想在幾點起床？」
「當然是九點吧，錯了嗎？」
「不，沒錯，屬下也這麼認為。」
「我想也是。這是當然的。」麗子抱持確信點頭。「松本雪乃小姐預定起床的時間是今天早上九點。可是她早上很難起床，所以為了以防萬一而準備四個鬧鐘，設定為在這個時間的前後，每隔五分鐘有一個鬧鐘會響。兩個鬧鐘在九點前響，兩個鬧鐘在九點後響——大概是這樣吧。會賴床的人經常這麼做。」

「是的，正是如此。那麼請問大小姐，這五個鬧鐘之中，您認為被害者最重視哪一個？」

「這種事我不知道。我又不是雪乃小姐。不過放在枕邊的兩個時鐘的機種比較新，應該是這兩個之一吧？」

「啊啊，大小姐……」影山黑色西裝的肩頭無力下垂。「屬下不是在問哪個時鐘最值錢，是在問這五個時鐘的重要程度。請不要回答得雞同鴨講。」

「雞雞雞……雞同鴨講是怎樣！」麗子面有慍色，內心因為自己誤會而感到不好意思。「啊啊，你……你問的是這個意思啊。那麼答案很簡單，她最重視的是放在矮桌的類比時鐘。因為鬧鈴設定在九點整。」

「換句話說，是孤單放在遠處的那個時鐘吧？」

「是的。」

「這個時鐘比實際時間快了兩分鐘左右。換言之不是顯示正確時間的時鐘，這樣沒問題嗎？」

「這……這多少有點問題吧……」

「而且大小姐剛才說到，那是老舊的時鐘……」

「嗯，是舊的時鐘沒錯，看起來使用很久的時鐘——確實很奇怪。」

麗子如今雙手抱胸深思。「被害者想在今天早上九點起床，鬧鈴設定在九點的時鐘，肯定是最重要的一個。既然這樣，應該使用更精準，功能更好的鬧鐘才對。至少不必刻意使用不準的舊時鐘，因為有其他更新更準的時鐘。」

「是的。如果房裡的鬧鐘只有一個，那也可能是故意將時鐘指針稍微撥快。即使在九點醒來，實際上卻還是八點五十五分——類似這樣。」

「習慣『五分鐘前行動』的人經常這麼做。不過這無法套用在今天早上的狀況。另外四個時鐘都顯示正確的時間，其中只有一個時鐘——而且應該是最重要的時鐘——顯示錯誤的時間。這確實怪怪的。感覺五個鬧鐘之中，混進唯一一個不合群的鬧鐘。」

「大小姐說得沒錯。」影山恭敬行禮之後繼續推理。「那麼，這個不合群的時鐘到底是做什麼的？想到這裡，某個靈感降臨屬下的腦海——這個時鐘，說不定不是設定在上午九點響鈴的時鐘。」

「啊？什麼意思？『不是設定在上午九點響鈴的時鐘』？不然是什麼？——啊，我懂了。換句話說，是設定在上午八點五十八分響鈴的時鐘吧？這個時鐘的指針快了兩分鐘左右，所以嚴格來說肯定是這麼回事。影山，我說得沒錯吧？」

「不，雖然可惜，但是不太對。」

影山靜靜搖頭，說出意外的話語。

「這個時鐘，恐怕不是用來通知上午八點五十八分的時鐘，實際上是用來通知下午八點五十八分的時鐘。」

「呃，咦……你說什麼？」麗子忍不住將手掌放在耳邊反問。「不是上午八點五十八分，是下午八點五十八分……咦，你說不是『上午』，是『下午』？」

「是的。這個時鐘或許設定成在下午八點五十八分，也就是快要晚上九點的時候響鈴。這麼推測的瞬間，屬下忽然想到一件事。大小姐最近沉迷得不可自拔的當紅連續劇。記得那部連續劇是星期一的晚上九點播放，而且連續劇的主角和松本雪乃小姐一樣是女性護理師——」

「…………」管家的話語過於出乎意料，麗子暫時說不出話。

看起來設定在今天上午九點響鈴的老舊類比時鐘，影山說其實是用來避免錯過昨天晚上九點的連續劇。

確實和數位時鐘不一樣，類比時鐘的鬧鈴設定沒有上午與下午的區別。而且鬧鐘事實上也不是只能用來在早上準時起床，經常利用在避免錯過和他人約好的重要時間。非看不可的電視節目播放時間，也是「重要時間」的一種吧。預錄當然也是一種方法，不過堅持即時收看的劇迷不在少數。《沒有終結的戀愛故事》主打驚濤駭浪的劇情進展，所以更不在話下。不說別人，麗子自己就是忠實劇迷之一。正因如此，所以她不得不放聲大喊。

「——你你你……你說什麼？本小姐沉迷得不可自拔？開什麼玩笑，我是由衷熱愛《終戀》的理想劇迷之一！」

「啊，恕屬下失言冒犯了。」影山形式上稍微低頭道歉。「不過大小姐，您只針對這一點有意見嗎？」

「不，總覺得不對。」麗子稍微思考之後指摘另一點。「不然是怎樣？你說案發現場的五個時鐘，只有四個是用來叫人起床的鬧鐘，不遠處矮桌上的老舊類比時鐘，是設定通知昨晚連續劇的鬧鐘是吧？可是這樣很奇怪。因為這麼一來，告知上午九點整這個重點時間的鬧鐘，案發現場連一個都沒有啊？」

「不，告知上午九點整的鬧鐘當然存在，但這個鬧鐘在告知上午九點之前，就從案發現場被偷走了。偷走的人當然是殺害松本雪乃小姐的真凶……」

「偷走……你說時鐘……？」麗子輕聲說出這句話的一瞬間茅塞頓開。案發現場確實有一個「時鐘」被偷了。「你說的難道是手機？雪乃小姐把自己手機的鬧鐘設定在上午九點，放在枕邊就寢？」

「大小姐，您說得沒錯。這支手機正是被害者最重要的鬧鐘。包含手機在內的五個鬧鐘，原本都放在被害者躺在床上伸手摸得到的範圍。」

影山說到這裡，開始說明自己對於昨晚案件的推理。

「護理師松本雪乃小姐，恐怕和大小姐一樣是《終戀》的忠實觀眾，即使她是同時段其他節目的粉絲也一樣，總之她下午九點不能錯過某個電視節目，所以昨天下班回來之後，將矮桌上的類比時鐘鬧鈴設定在九點。做好萬全準備的她，接下來肯定放心在自己房間打發時間。不過這樣的她遭遇突發狀況，任職的醫院臨時打電話叫她過去，她緊急在下午八點多出門。然而由於時間太趕，她在這時候犯了小小的失誤，也就是沒解除九點的鬧鈴設定，就這麼離開『日暮莊』。」

「這很常見。真的是鬧鐘相關的常犯錯誤。」

「總之，雖然不知道是不是常犯的錯誤，總之松本雪乃小姐出門了。到了下午九點——正確來說是下午八點五十五分，沒人的二號房響起鬧鐘的響鈴聲，但是能按掉鬧鐘的人不在家，所以應該是在無人的室內響個不停吧。」

「類比鬧鐘只要沒人按掉，會出乎意料一直響很久。」

「是的。雖然這麼說，不過松本雪乃小姐下午十點多回到自己房間的時候，時鐘指針走夠久了，鬧鈴肯定也已經停止，所以她回家之後也沒察覺自己犯下的失誤吧。放在矮桌上的類比時鐘，鬧鈴功能就這麼設定在九點沒解除，維持在開啟的狀態。她就這麼沒察覺這件事，為了要在隔天早上九點起床，設定了五個鬧鐘——其中一個是她的手機——上床就寢。」

「唔～～以結果來說，昨晚的二號房總共設置了六個鬧鐘是吧。」麗子雙手抱胸深深點頭。「然後到了今天早上快九點的時候，發生了這件命案。雪乃小姐被某人以毛巾勒住脖子殺害——這到底是誰下的手？」
「正確答案不得而知。三名嫌犯都沒有今天早上的不在場證明，每個人都可能犯案。」
「什麼嘛！」麗子憤慨地說。「那麼到頭來，不就和至今沒有兩樣？調查工作還是繼續陷入瓶頸。」
「是的，如果只看嫌犯們今天早上的行動，那麼大小姐說得沒錯。不過只要將焦點轉移到他們昨晚的行動，應該就可以看見別的事實。」
「唔，什麼意思？」
「哎呀，大小姐，您還不知道嗎？『日暮莊』的二號房從昨晚九點就一直有鬧鈴的聲音響個不停。那麼住在同一間房子二樓的嫌犯肯定也有聽到吧？」
「對喔！」麗子拍手這麼說，但她隨即歪過腦袋。「唔，可是好奇怪，三名嫌犯完全沒提到這件事。為什麼？」
「那麼就來逐一確認吧。首先是住在一號房的山本彩。她說昨晚八點半左右進入連鎖餐廳，在那間店待到將近十點。這麼一來，肯定完全沒機會聽到二號房從晚上九點響起的鬧鈴聲。她的證詞沒有矛盾。」
「也對。那麼三號房的杉浦明人呢？」
「在這之前，先確認住在四號房的木田京平吧。」

「咦～～為什麼啊？為什麼跳過三號房，突然變成四號房？」

「您……您問為什麼……大小姐，請稍微察言觀色好嗎？」

影山難得露出慌張神色，沒回答麗子的疑問，跳過三號房的房客，硬是先說明四號房的房客。「說起來，四號房和二號房多少有段距離，而且木田京平從昨晚九點前到今天早上九點多，打電玩打了十二小時以上，而且是戴著耳機。這麼一來，他應該完全聽不見二號房響起的鬧鈴聲。木田京平的證詞也沒有矛盾——這麼一來，問題就在於三號房的房客。」

「所以是杉浦明人對吧？別賣關子，快點說明吧。」

「遵命。依照杉浦明人的證詞，他晚上八點多用餐之後，在三號房專心進行寫作的工作直到十點多，而且播放古典樂當成背景音樂。不過大小姐應該也已經察覺了吧。他正在工作的時候，隔壁二號房被遺忘的鬧鐘肯定響個不停。在這種狀況還能一邊優雅聆聽管弦樂一邊專心寫作，這到底需要多麼強大的專注力？大小姐想像得到嗎？」

「不，這是不可能的。肯定會在意隔壁傳來的鬧鈴聲，完全無法工作。假設我住在三號房，我肯定會命令你立刻去二號房破口大罵，要求處理那個聲音。」

「呃，嗯，說得也是……大小姐肯定會這麼做……」

前提是住在共享住宅的大小姐身旁有屬下服侍——影山輕聲補充這句話之後暗

自苦笑。麗子無視於他，逕自說出結論。

「我懂了。總之杉浦明人的證詞有矛盾。換句話說，他的說明是煞有其事的謊言。實際上，他昨晚沒在三號房工作，大概也不在自己房間。明明其實不在，卻說謊讓人覺得他在。這是為什麼呢——因為杉浦明人正是本次命案的真凶！」

「唔……老實說，屬下也沒有充分的根據能這麼斷言。但在三名嫌犯之中，只有他睜眼說瞎話。肯定是隱瞞了某些虧心事。屬下能說的只有這些。」

影山恭敬鞠躬，為今晚的保守推理做結。

8

管家偵探述說的推理沒有直接說中真凶是誰。不過麗子覺得他的推理可信，內心肯定更加懷疑杉浦明人。

所以麗子很想立刻要求杉浦自願和刑警來到國立警署，在偵訊室嚴加偵訊逼他坦承所有罪行，讓這次的案件落幕——雖然內心打著這種如意算盤，但是實際上不被允許以這麼草率的形式辦案。

後來麗子想出第二方案，和後輩若宮刑警一起全天候監視杉浦明人的行動。她們這個土法煉鋼的作戰，在開始監視的數天後奏效。

「今天白天，杉浦明人獨自離開『日暮莊』，搭電車到鄰近的西國分站下車——」和前幾天一樣，麗子坐在客廳沙發，單手從容地拿著玻璃酒杯，說明當時的狀況。「杉浦出站之後走向附近的雜木林，那裡有一座汙濁的灰色水池。他站在池畔觀察周圍，然後將手伸進口袋，拿出扁平的黑色物體——影山，你知道那是什麼嗎？」

「該不會是手……啊，沒事……這個嘛，究竟是什麼呢？屬下想不到……」察言觀色也是管家的工作。熟知這個道理的影山假裝拚命思索。

麗子隨即抬高她引以為傲的鼻梁。「是手機！從被害者房間搶走的手機！杉浦要將手機扔進水池，也就是企圖湮滅證據。我們當然沒坐視，立刻跑到他的身邊，在千鈞一髮之際從他手中搶走手機，然後把想要逃走的他推進灰色水池。他全身泥水的模樣真是值得一看！」

「不愧是大小姐，對壞蛋出手的時候完全不留情。」

「哎呀，把壞蛋推下水池的是愛里喔，我可不會做出這種粗暴的行為。」

「聽您這麼說，會覺得若宮刑警下手很粗暴……總之先不計較。所以杉浦明人完全認罪了吧？」

「嗯，他在偵訊室說出一切了。」麗子喝一口玻璃杯的紅色液體繼續說明。「首先令人意外的是，杉浦明人和松本雪乃小姐的交情其實很親密。」

「喔，兩人是那種關係啊。」

「嗯，沒錯。然後說到案發前一天，果然和你的推理一樣。那天晚上，杉浦沒在三號房工作，甚至也不在『日暮莊』。他居然偷偷跑去其他女性的家。當時他看到雪乃小姐突然要趕去醫院，猜想應該有好一段時間不會回來。」

「原來如此，所以杉浦放心出門去見另一名女友——」

「沒錯。但是過了一晚，杉浦在隔天早上九點前回到『日暮莊』，意外發現雪乃小姐已經回到二號房，而且她偏偏就在這天已經起床，聽到杉浦上樓的腳步聲。杉浦回到房間之前被雪乃小姐逮到，拉進二號房。『我出門的時候，你跑去哪裡做什麼？』她當然這麼問了——」

「但是杉浦答不出來，結果二號房就化為情侶的戰場是吧。」

「總之，就是這麼回事。不過兩人沒有吵太久。因為杉浦已經劈腿好幾次，雪乃小姐也隱約察覺對方是誰，所以對杉浦說出珍藏已久，能讓杉浦瞬間閉嘴的威脅話語。『我要讓對方女性知道我倆的關係！』然而杉浦聽完臉色鐵青，因為他的劈腿對象——不過對他來說，那個人好像才是正牌女友——那名女性是良家出身的千金，杉浦絕對不想放過這個獵物。」

「所以杉浦一時慌張，懷抱殺機襲擊雪乃小姐是吧。」

「大致是這麼回事。順帶一提，行凶時間是上午八點五十五分。第二個鬧鐘開始響，雪乃小姐按掉之後，杉浦就襲擊她了。凶器是剛好放在枕邊的毛巾。被勒住脖子的雪乃小姐立刻昏迷不醒，無力躺在床上，回復理智的杉浦連忙放開毛巾，只搶走雪乃小姐同樣放在枕邊的手機，偷偷離開二號房。正要踏出房門時，他身後的第三個鬧鐘開始響，所以實際的行凶時間只有短短三分鐘左右。」

「原來如此。上午八點五十八分響鈴的類比時鐘，杉浦以為是單純的鬧鐘，但他做夢都沒想到這個鬧鐘在前晚的九點前也響了，所以說了那種謊。」

「嗯，正是如此。」明明不是自己解開的謎團，麗子卻心情大好，以怡然自得的輕鬆態度逕自舉杯慶祝。

影山再度為麗子的玻璃杯倒入新的葡萄酒。

「不愧是大小姐，在本次案件漂亮地大顯身手。」

他說完，靜靜露出微笑。

第五話　兩根菸時間的不在場證明

1

『喲，山川嗎？最近過得怎樣？在盡情享受暑假嗎？』

隔著手機傳來的是大學社團朋友——塚本祐樹像是消遣的聲音。

『哎，反正以你的個性，應該是閒著發慌沒事幹吧？我懂我懂。』

「…………」可惡，你懂什麼！我可沒有閒著發慌喔。會和女友一起看電影吃飯，和朋友去海邊游泳，和打工同事在多摩川辦烤肉大會，每天都過得很快樂——如果可以這麼回嘴想必很痛快吧，可惡！

但是山川純平不擅長說謊。「總之，過得普普通通啦。」他即使不悅還是迎合對方這麼回應。其實每天都是只在打工地點與自家往返的乏味生活。「那你自己過得怎樣？」

『我嗎？我每天都忙著打工。現在也是從立川的打工地點下班，剛剛才下公車。公車上擠滿要回家的上班族，我全身都是汗。』

「唔，這樣啊這樣啊。」——嘿嘿，看來這傢伙每天也過得挺乏味的！

如此心想的山川內心露出邪惡笑容。塚本單手拿著手機滿頭大汗走在夜路的模樣，輕易浮現在他的腦海。「我們彼此都辛苦了。」他以這句話試探，塚本隨即沒多想就說『是啊，但我這週日預定要和女友一起去看演唱會。是現在最火紅的「多摩蘭坂46」的演唱會喔！我現在就超期待的！』展現人生贏家的一面，使得山川大為憤慨。

——可惡，你就是這一點討人厭！

塚本祐樹是大學裡電影研究社的社團朋友。個性爽朗又英俊，而且是聰明又具備行動力的勤勉男性。因此他深受學長姊信賴，也受到女性社員的仰慕，才二年級就在社團裡處於領導地位。山川超討厭這樣的他。不對，不是這樣，並不是討厭。不是喜歡或討厭的問題，只是覺得「有點礙眼……」的程度。只是希望他消失前往某處。

「所以塚本，有什麼事？我現在超忙的。」

實際上只有拿著扇子的右手超忙。山川在自家客廳獨自坐在電視前面，將手機抵在耳際。

『啊啊，抱歉，那我簡潔說明。其實社團朋友們聊到想找時間一起去消暑，山川你當然會來吧？反正你很閒吧？』

「…………」最後一句是多餘的，你這傢伙。「啊啊，我會去。雖然不閒，但是我會去。」

『那你說一下哪天方便吧。中元節過後，可以的話二十號以後。』

山川看向牆上的日曆，再看向除了打工之外全部空白的行事曆。「唔～～」他假裝思考，停頓夠久之後才開口。「我想想，可以的日子是二十號、二十一、二十二、二十三……啊～～不對，我二十三號和朋友有約……」

其實沒約。說起來山川根本沒「朋友」，所以沒得約。

『……呃，朋友？真的假的，你居然有朋友……』

塚本在不必要的地方特別敏感。山川只能繼續編出拙劣的謊言。

「真的啦！總之二十三號不行，然後二十四、二十五ＯＫ，這樣可以嗎？」

『嗯，這樣夠了。總之我調整看看。』

「抱歉啦，勞煩你了。」山川姑且道謝，然後閒聊好一陣子，交換社團朋友之間的情報。聊到差不多告一段落的時候，山川問。「話說塚本，你剛才隨口提到的『女友』，難道是水澤優佳嗎？你要和水澤優佳去看偶像演唱會？咦，你正在和她交往？」

『唔，這種事不重要吧？當作沒聽到吧。』

就算他這麼說，山川也不能當作沒聽到。水澤優佳也和他們一樣加入電影研究社。除了塚本幾乎只有邋遢大男生聚集的這個社團裡，水澤優佳等同於「牛糞上的鮮花」或是「阿宅們的公主」這種存在。暗中對她有意思的社員肯定不只一兩人。不說別人，山川自己就是其中一人。

塚本誇耀勝利的聲音在他的耳邊響起。

『是啊，我確實正在和水澤同學交往。我並沒有隱瞞，社團朋友肯定也大都知道了──啊，不過關於這件事改天再聊。我已經到家門口了。確定日期之後再和你聯絡。再見。』

塚本說完單方面結束通話。山川注視沉默的手機。

「哼，可惡的人生贏家！給我撞豆腐邊角，不對，撞鈍器邊角去死吧！」

他輕聲說出最惡毒的話語。手機顯示時間是晚上八點整。

隔天早上，塚本祐樹被人發現真的遭到鈍器邊角重擊額頭死亡──

2

國立市西二丁目的公寓「吳竹莊」發現離奇死亡的年輕男性屍體。看來是殺人事件──

中元將近的星期一凌晨，這個消息傳遍國立警署的管區。

這時候的麗子正在國立市內某處的寶生邸寢室熟睡。她睡眼惺忪將手機抵在耳際聽到這個消息，在下一瞬間撥開棉被，衝出掛有帳幔的公主床，以一二〇秒完成外出準備，然後衝下樓向駕駛兼管家的男性下令。

「影山，發生事件了！現在沒空悠哉吃早餐，立刻準備出車！」

後來不知道是誤會了什麼，影山準備的是全長七公尺的加長型禮車。寶生家的千金小姐麗子非常適合搭乘這輛高級車，不過國立警署現任刑警趕往案發現場的時候完全不適合搭乘這種車。可惜現在沒空抱怨。麗子坐進寬敞的後座，穿上工作用的夏季黑色套裝外套，向駕駛座的影山告知目的地。「咿二咿物要握『吳吳汪』呃翁寓，哎外一演。」

即使是影山也終究露出為難表情。「那個，大小姐……」他轉頭向後方的麗子勸說。「您咬著吐司說話，屬下覺得不太好……老爺看見的話肯定會嘆氣吧。您這樣就像是動漫裡面『轉學第一天差點遲到只好咬著一片吐司跑向學校的匆忙女高中生』。」

「唔……」麗子將嘴裡的吐司咬一口之後拿在手上。「呃，『轉學第一天差點遲到……』是什麼？你說誰是可愛的女高中生？」

「不，屬下不是這麼說的……」透過後照鏡看見的管家露出無奈表情，回到原本的話題。「所以大小姐，叫做『吳吳汪』的翁寓在哪一區？」

「是『吳竹莊』啦，不是翁寓，是公寓！在西二丁目，開快一點！」

麗子下令之後，影山回應「遵命」面向前方。下一瞬間，載著兩人的加長型禮車猛然起步，猛然加速，以勉強遵守法定時速的速度，安全又平穩地趕往案發現場。麗子將剩下的吐司全吞下肚的時候，車子已經早早抵達目的地附近。但加長型禮車不能停在案發現場的公寓旁邊。麗子在距離目標公寓一段距離的地點下車。「那麼，我過去了。」

麗子說完戴上工作用的平光眼鏡。影山恭敬行禮。

「大小姐，祝您大顯身手。」

「嗯，交給我吧。」麗子堅定回應之後跑向案發現場。

抵達目的地一看，蓋在磚造圍牆內部的「吳竹莊」，是令人感覺年代相當久遠的建築物。周圍的警車與眾多制服警察引人注目。麗子穿過小小的外門進入腹地。沿著生鏽的室外階梯上樓一看，許多調查員聚集在二樓走廊深處。

其中有一名年輕女性眼尖發現麗子跑了過來。是國立警署刑事課期待的新人──若宮愛里刑警。「──前輩早安。」

生澀低頭致意的後輩刑警，穿著像是正要前去面試求職的灰色褲裝。和身穿筆挺名牌黑色套裝的麗子成為對比。

麗子盡可能散發「美麗瀟灑的前輩刑警」這種感覺。

「若宮早安──事不宜遲確認一下，現在狀況如何？」

麗子以前輩風格的精實語氣問完，後輩刑警不知道想到什麼，壓低聲音向麗子耳語。

「前輩，請放心，風祭警部還沒到。」

「呼……」不對不對，不能鬆一口氣！愛里，不是這樣吧——「愛里……更正，若宮，我不是問警部的狀況，是問案件的狀況！」

老實說，麗子也很在意警部的狀況，但她想先問案件的進展。

「什麼嘛，是問這個啊～～」若宮刑警感到意外般這麼說。麗子完全不知道她感到哪裡意外，總之從一大早就完全發揮傻妞個性的這名後輩匆忙取出手冊，指著眼前的門說明案件概況。

「被害者是住在這間二〇五號房的塚本祐樹先生，就讀私立七橋大學的二十歲大學生。今天早上六點半左右，住在隔壁二〇六號房的男性發現他頭部出血倒在廚房。報警的也是這名男性。」

「這樣啊，我知道了。先檢視遺體吧。」

麗子說完踏入二〇五號房的玄關。廚房就在進入玄關的旁邊，遺體仰躺在廚房地面。麗子來到室內之後，以指尖抵著平光眼鏡的鏡框，仔細觀察這具離奇死亡的屍體。

是五官頗為工整的男性。身高與體型算是平均水準。膚色以男性來說算是比較白的。身穿白色T恤加一件黑色長袖連帽上衣。最近為了防止晒黑以及預防室內冷氣太強，很多人在夏天依然會穿一件薄長袖上衣，所以這身穿著不算罕見。下半身是深藍色的丹寧長褲，整體給人時尚的印象。

這名男性的額頭像是被重物毆打般受傷，流出的血也擴散到廚房地面。麗子按住遺體的手肘與肩膀，確認關節的動作，最後她迅速起身，指著眼前的遺體大聲開口。

「愛里……更正，若宮，妳看這個！」

「是的，我正在看，怎麼了嗎……？」

「既然這樣，妳就這麼看著他，然後仔細聽我說。」

麗子強行繼續說明。「首先，被害者穿著時尚的長袖外套，這怎麼看都是外出時的服裝。那麼被害者是今天早上正要外出的時候遇害嗎？不對，不是這樣。遺體流出的血已經乾得差不多，關節部位也出現死後僵硬的現象，可以推測行凶時間不是今天早上，是昨天晚上，而且是剛從外面回家的時候。換句話說，被害者在昨晚剛回家的時候，還來不及換上居家服就被某人襲擊喪命。肯定是這樣沒錯。」

「原來如此，確實有道理。不愧是寶生前輩。」若宮刑警眼神閃亮，稱讚前輩刑警。「簡直是匹敵風祭警部的名推理！」

「咦，是……是嗎？」——聽起來是這樣嗎？不過愛里，「匹敵風祭警部」完全不是稱讚！對我來說反而是詆毀！

麗子忍不住垂頭喪氣。此時遠方的引擎聲傳入耳中。莫名熟悉的這個聲音確實朝這裡接近。等到這個聲音達到震耳欲聾的程度時，引擎聲像是魔法般突然停止。

看來絕對錯不了。

傳說中的男人風祭警部，駕著愛車捷豹抵達這個案發現場——

響起輕快踩著室外階梯上樓的腳步聲，接著玄關門外的眾多男性調查員同時敬禮。在立正不動的部下迎接之下，以獨特外型出現在二〇五號房的人，果然是風祭警部。

令人誤以為是好萊塢反派巨星的純白西裝是夏季的麻布材質。黑色襯衫與大紅色領帶，是再怎麼酷熱難耐都絕對不會換掉的必備穿搭。

風祭警部一看見部下們就得意洋洋說個不停。

「嗨，抱歉讓妳們久等了。其實我的捷豹剛才運氣不好塞在車陣。即使我的捷豹是頂級英國進口車，塞車的時候也開不快吧？如果我的捷豹改成警車規格就另當別論，不過我的捷豹終究是……」

「…………」夠了吧，你這傢伙的加尬一點都不重要啦！

麗子壓不住煩躁的情緒，在內心稱呼上司為「你這傢伙」（還順便把英國名車稱為「加尬」）。但她完全沒把心情寫在臉上，平淡迎接警部來到案發現場。若宮刑警重新將被害者的基本資料告訴上司。

警部一邊聆聽說明，一邊和剛才的麗子一樣蹲在遺體旁邊，接著仔細檢查服裝與傷口狀況，再確認遺體手肘與肩關節的動作。最後警部迅速起身，指著眼前的遺體大聲說。

「寶生、若宮，妳們看！被害者穿長袖，這是外出時的服裝。那麼被害者是今天早上正要外出的時候遇害嗎？不對，不是這樣——（中略）——換句話說，被害者在昨晚剛回家的時候，還來不及換上居家服就被某人襲擊喪命。肯定是這樣沒錯！」

若宮刑警像是在收看重播的動畫，看著上司興奮說出自己的推理。然後她轉頭看向麗子，以悄悄話的音量說。「——前輩妳看，我就說吧！」

看著後輩誇耀勝利的笑容，麗子已經無法回嘴。

塚本祐樹的遺體終於放上擔架抬出二〇五號房。廚房地面只留下標示遺體位置的白線與乾掉的血跡。

「那麼若宮，先帶第一發現者來這裡吧。發現遺體時的狀況，就由我來詳細問個明白。」

警部下令之後，菜鳥刑警充滿活力回應「是～～」離開玄關。目送她離開的警部，故意以麗子聽得到的音量說。「哼，這麼大清早就發現離奇死亡的屍體？而且是在隔壁住家的廚房？這樣太可疑了——寶生，妳說對吧？」

「呃……」雖然確實很可疑，不過依照麗子的經驗法則，風祭警部以往覺得可疑的嫌犯都不是真凶——警部，反正這次也是這個模式吧？

麗子如此心想時，若宮刑警將一名消瘦的中年男性帶到她面前。

「井上勝夫，四十二歲。」如此自稱的男性，在國立車站前方某間深夜營業的居酒屋工作。警部詢問他和被害者的關係，他隨即像是嫌煩般搖了搖頭。「刑警先生，真要說的話也沒什麼關係，只是單純的鄰居。」

「這樣啊。那麼只不過是單純鄰居的你，為什麼會發現被害者倒在二〇五號房的廚房？這一點希望你可以說明一下。」

警部投以疑惑的視線，不過井上勝夫像是誇示扁平的胸脯般挺胸。

「當時門是開著的。我上完大夜班，早上六點半左右回到這間公寓的時候，隔壁的玄關大門開著。嗯，幾乎完全打開。大清早將玄關整個打開很不自然吧？實際上以往也從來沒發生這種事。覺得奇怪的我，在經過門前的時候瞄了門後一眼，然後——」

「然後發現被害者倒在廚房地板是吧？」

「是的。我連忙進去叫他，不過塚本先生額頭受傷，身體已經冰冷，後來我趕快打一一〇報警。」

「原來如此，我知道了。那麼，你可以離開了。」風祭警部這麼說，看起來要暫時放走第一發現者。但他轉身準備離開現場的時候，「啊，對了對了，還有最後一件事……」警部豎起食指，問了一個針對性的問題。「為求謹慎我想請教一下，你昨晚在哪裡做了什麼事？」

「這……這是在調查不在場證明嗎？我……我和這件事毫無關係啊……」

「別擔心，只是形式上問一下。方便回答嗎？」

「那個……昨天傍晚到晚上七點左右，我一個人待在家裡。後來我出門去『日出食堂』。從這裡走一小段路就到的小餐館。我到店門口的時候剛好是晚上八點整。我在店裡待了約一個小時，然後走去站前的居酒屋工作，直到今天早上都和『武藏亭』的同事們在一起。刑警先生，您如果認為我在說謊就去調查吧。」

「這樣啊——不，應該用不著調查。我相信你的說詞。」

警部說完展露極致的笑容，像是要讓人覺得他是爽朗的好男人。井上勝夫露出安心表情，獨自離開二〇五號房。他的背影剛從視野消失，警部就收起笑容，改以冷酷無比的表情命令部下。

「若宮，去『日出食堂』與『武藏亭』一趟，調查他昨晚的行動。」

警部前後的差距使得若宮刑警傻眼。「警部，您完全在懷疑他耶～～」

「那當然。他說玄關大門湊巧完全打開，聽起來很假。而且懷疑第一發現者是辦案的鐵則。若宮，拜託妳了——啊啊，慢著慢著，寶生！妳不用一起去，留在這裡吧。」

「咦？可是警部，懷疑第一發現者是辦案的鐵則……」

「一點都沒錯，但是該懷疑的並不是只有第一發現者吧？」警部只在這種時候難得說出正常的意見。然後他向洩氣的麗子下令。「寶生，妳和我一起在周邊打聽情報——沒問題吧？」

對於上司的命令，麗子即使抗拒也只能回應「是」。

3

就這樣，麗子不情不願和風祭警部搭檔打聽情報。到「吳竹莊」每間住家敲門，住戶現身之後詢問「昨晚有沒有聽到奇怪的聲音？」「有沒有看見可疑的人物？」等問題。不過他們大多只是露出疑惑表情歪過腦袋。在打聽的過程中，只有一名住戶提供有益的情報。

是住在二〇二號房的女大學生。自稱是北原理奈的她，親眼看見塚本祐樹昨晚回家的身影。聽到重要的目擊證詞，刑警們之間一陣緊張。麗子立刻發問。

「請問是幾點左右的事？」

「晚上八點整。」女大學生莫名果斷地回答。

麗子反而覺得可疑。「妳為什麼記得這麼清楚？」

「因為我家玄關有時鐘——在這裡。」北原理奈說著指向鞋櫃上方。
轉頭一看，該處確實擺著一個數位時鐘。下一瞬間，風祭警部像是抓準機會般將左手伸到麗子面前，展現他引以為傲的勞力士。看來是要求麗子用這支高級手錶比對時鐘是否準確。麗子委婉推開上司伸過來礙事無比的手臂，以自己戴的蒂芙尼手錶確認時間。比對之後，確認數位時鐘顯示的是正確時間。麗子點頭表示接受，一旁的警部則是面帶不滿。
北原理奈向兩人說明昨晚發生的事。
「昨晚我只打開這扇玄關大門一下下。並不是有什麼重要的事情，只是想把幾天前掛在外面門把的傘收進來，不然被偷走就麻煩了。就在我要打開玄關大門的時候，剛好隔著門聽見行經外面走廊的男性聲音。這名男性好像在和某人講手機。記得他說了『我已經到家門口了』、『再和你聯絡』這幾句話。我等他的聲音經過門前才慢慢開門。」
「當時妳有看見塚本先生吧？」麗子問。
「嗯，是的……不……」北原理奈突然支支吾吾。
「是的……不？到底有沒有看見？」
「正確來說，我沒有清楚看見塚本先生。我只看見進入二〇五號房的背包背影。我和塚本先生偶爾會在走廊或階梯擦身而過，只是見面會聊幾句話的交情。我好幾次看見他背著褐色背包走路的樣子，所以看到背包背影進入二〇五號房的時候，我心想『啊啊，塚本先生回家了……』這樣。」

「原來如此。當時放在玄關的時鐘顯示晚上八點。是這麼回事吧？」

「是的，確定沒錯。」

此時風祭警部在一旁插嘴問。「知道當時被害者正在和誰講手機嗎？對話內容有沒有提到對方的姓名？」

聽到這個問題，北原理奈雙手抱胸片刻，最後遺憾般搖了搖頭。

「對不起，我想不起來。」

繼續詢問也無濟於事。刑警們只能道謝離開。

向周邊打聽情報完畢的麗子與風祭警部，暫時回到二〇五號房，然後重新調查被害者的背包。背包在廚房隔壁的起居室，隨意扔在入口附近的地上。正如北原理奈的證詞，背包是褐色的。但不是時尚白領族上班使用的帥氣款式，是即使背著前往高尾山也毫不突兀的運動背包。總之應該很適合大學生當成書包使用。

不知道裝了哪些東西，看起來鼓鼓的。打開一看，背包內部很雜亂。筆記型電腦、掌上型遊樂器、紙本文件、文具，姑且也有學生使用的參考書與文庫本。不過警部看著這些物品發出不滿的聲音。

「喂喂喂，怎麼沒手機？智慧型與傳統型都沒有？」

「在遺體口袋也沒發現手機之類的物品。」

「看來是凶手搶走了。這麼說來，那個被害者身上好像也沒錢包。所以是為了搶劫而行凶嗎？」

「也可能是偽裝成搶劫的犯行……」

麗子慎重回答，繼續檢查這個背包。不久，她在背包內袋發現被害者的隨身手冊。小小的手冊附帶一根小小的原子筆，上頭以一絲不苟的文字寫著備忘事項與行程表。總之打開今天日期的頁面一看，麗子的視線隨即停留在備忘欄。

該處整齊寫上一串隱含某種意義的數字。20、21、22、23——不過23這個數字以斜線胡亂劃掉——接著寫上24、25。麗子以手指按著問題所在的這一頁，就這麼將這本手冊交給警部。

「這是什麼數字？日期嗎？」

「嗯，或許吧。不過應該和案件無關。」

警部興趣缺缺說完，在自己的手掌闔上小手冊。

麗子突然強烈覺得這些數字掌握了破案的重要關鍵——這難道是職業病嗎？風祭警部的部下都會罹患的疾病？

麗子在內心感到不安，緩緩搖了搖頭。就在這個時候，一名男性調查員來到起居室向風祭警部耳語。警部瞬間繃緊表情。
「什麼？昨晚這棟公寓有可疑男性……好，我知道了！」
警部還沒喊完就扔掉手冊，一個箭步衝出房間。氣勢強得令麗子瞬間錯愕。她回神之後連忙跟在上司身後。

4

風祭警部衝出二〇五號房，沿著室外階梯往下跑，隨即看見小小的門前站著兩名制服警員，一名年輕男性被夾在兩人中間。
「就是他吧。」警部說完跑向男性，像是打量他的外表般目不轉睛。頭髮剃得光溜溜的，身穿印著骷髏的沒品味T恤，穿短袖的上臂露出劣質刺青。「嗯，真的很可疑。可疑的要素多到像是特賣會……」
光頭男性隨即露出不悅表情，筆直瞪向眼前的警部。
「喂喂喂，刑警先生，你是不是誤會了什麼啊？我一點都不可疑喔。不是這樣的，是我看見一個可疑的男性。」
「呃，可疑的你？看見一個可疑的男性？咦，可疑的你看見一個比你可疑的傢伙……」

「就說我不可疑了啦！」

「這樣啊……」風祭警部朝麗子露出為難表情，正經詢問。「喂，寶生，這傢伙說的是什麼意思？」

「就是字面上的意思，警部。」麗子嘆氣回答。「他昨晚在這附近看見可疑的男性——是吧？」

「嗯，就是這樣。看來妳比他好溝通太多了。」

如果和風祭警部相比，這是當然的——麗子忍不住苦笑，主動走向光頭男性詢問。「你住在這棟公寓嗎？」

「沒有，不是這樣。」男性這麼說明。他的名字是岡部浩輔，是在附近住宅建築工地工作的工人。他說昨晚湊巧在這棟公寓門口看見可疑男性。麗子覺得有點不對勁而發問。

「你不是公寓住戶，為什麼會在這扇門旁邊？」

「沒有啦，在哪裡都沒差……其實我是想補充尼古丁……」

看來是在路邊吸菸。麗子催促他繼續說明。

「你大約幾點在這裡吸菸？」

「記得是昨晚八點左右沒錯。」

風祭警部立刻對這句話起反應。「什麼，昨天八點左右？你說當時看見可疑的男性是吧——是什麼樣的男性？哪裡可疑？是比你還可疑的男性吧？」

「就說我不可疑了！」岡部怒斥警部讓他閉嘴，然後按照時間順序說明昨晚的經歷。「昨晚八點左右——雖然這麼說，但我沒看時鐘，所以不確定是八點前還是八點後——當時我下班回家，走到這附近想抽根菸，所以背靠這棟公寓的圍牆蹲下來點菸。經過五分鐘左右，一名男性從夜路另一頭走過來，進入公寓。」

「唔，等一下，你為什麼知道是五分鐘左右？你沒看時鐘吧？」

「對，沒看時鐘。不過如果像我這樣每天吸菸，不用看時鐘也知道。」

聽到他得意洋洋的這段話，麗子想通了。「這麼說來，我聽說吸一根菸的時間大概是四分鐘。不過當然因人而異就是了。」

「沒錯，以我的狀況大約是五分鐘。點菸之後吸到快要燒到濾嘴——啊啊，危險！再吸一口就會燙到指尖了！——像這樣完美吸光整根菸是五分鐘。嗯，肯定沒錯。」

「這種吸菸方式滿蠢的……」警部終究也傻眼。

「而且對身體也不好……」麗子也錯愕低語。

然而無論不健康還是不聰明都沒差。總之以他吸菸的方式，吸完一根菸大約五分鐘。麗子理解之後回到正題。

「那麼，你開始吸菸的五分鐘後，也就是吸完一根菸的時候，那名男性從外門進入公寓是吧。是什麼樣的男性?」

「胖胖的男性。不過我蹲的地點距離外門有四、五公尺,而且周圍陰暗,加上看見的時間很短,所以沒看清楚對方長相。」

「這樣啊。但如果只是進門,看起來沒什麼好可疑的吧?」

「沒錯,我一開始也沒在意。不過接下來才是問題。我看見那個胖男人之後點了第二根菸,在吸到快要燒到濾嘴的時候……」

「也就是又過了五分鐘左右是吧。發生了什麼事?」

「那個胖男人奪門而出,而且這次是往我這邊跑。他看起來很慌張,完全沒看見蹲在圍牆旁邊的我。我在他差點踢到我的時候連忙閃開,然後朝著逃走的男性大罵『混蛋!你這傢伙這樣很危險吧!』這樣……」

「咦,你罵出聲了?」

「不,我原本想罵出聲,不過畢竟晚上了,這裡又是住宅區,想說吵到附近住戶不太好,所以沒破口大罵。」

「什麼嘛,應該罵出來吧,真是的!」風祭警部扭動身體大喊,以像是要揪住面前男性衣領的氣勢說個不停。「為什麼只在這種時候擔心吵到別人?豁出去破口大罵不是很好嗎?這麼一來或許就可以知道案發的正確時間吧!」

「好了好了,警部,不要這麼激動……」麗子一邊安撫上司,一邊覺得他說的也有道理。如果岡部浩輔當時破口大罵，確實會有附近的居民聽到吧。以結果來說很可能得知更正確的時間。

但是無論如何——「雖說只能抓個大概的時間，不過這名慌張逃走的男性是殺害塚本先生的凶手。警部，我們可以這麼推測吧？」

「嗯，應該是。」警部深深點頭，再度看向光頭男性。「喂，先生，關於這名可疑男性，除了體型還有其他明顯特徵嗎？」

「唔～～當時我蹲著，只在擦身而過的時候抬頭看他一眼，所以完全沒看見長相，也不記得服裝，不過應該是偏黑的衣服。」

換句話說，在昨晚八點左右，一名長相與服裝不明的肥胖男性獨自進入「吳竹莊」，約五分鐘之後匆忙跑出來。岡部浩輔目擊的光景，簡單來說就是這麼回事。這段目擊說明無疑是重要的證詞，卻莫名令人感到不耐。

此時麗子說出內心忽然浮現的問題。

「這名肥胖的男性，手上有拿著什麼東西嗎？」

凶手搶走被害者的錢包與手機，而且現場沒發現疑似凶器的物體，所以應該認定凶器也被凶手帶走。那麼凶手應該會拿著包包之類的東西。麗子基於這個想法發問，岡部聽完像是突然想起般回答。

「這麼說來，那個人提著袋子。進門的時候兩手空空，出來的時候卻有一隻手緊抓著像是塑膠袋的東西。嗯，肯定沒錯。」

向岡部浩輔打聽完情報之後，若宮刑警像是取而代之般順利完成任務回來。

「警部，我從『日出食堂』以及『武藏亭』回來了！」

菜鳥刑警像是還沒平復心情般激動說著，迅速取出手冊，在上司與前輩面前意氣風發開口展現工作成果。「井上勝夫的說詞看來是真的。他確實在昨晚八點出現在『日出食堂』，點了炸豬排飯以及無酒精的……」

「啊啊，這樣啊。嗯，我知道了。」風祭警部無情打斷部下的報告，然後自己說出單純至極的結論。「沒錯，井上勝夫不是凶手。這已經是不在場證明之前的問題了。因為他再怎麼看都不是『肥胖的男性』——咦，妳問完全打開的玄關大門？這種問題，只要當成凶手匆忙逃走的時候來不及關，那就說得通吧？總之就是這麼回事——若宮，辛苦妳了。」

風祭警部只在形式上出言慰勞，以白色西裝的背影朝向若宮。

「咦，咦咦～～？」跟不上現狀的若宮刑警露出錯愕表情，接著垂頭喪氣。「前輩～～我不在的時候發生什麼事啊～～？」

看見後輩以悲哀眼神這麼問，麗子無言以對。

5

國立警署刑事課的眾人拚命調查之後，終於有三名嫌犯列入調查名單。三人都是七橋大學電影研究社的社員，或是和這個社團有密切關係的人物，而且住在案發現場「吳竹莊」附近。不用說，三人當然都是胖胖的男性。

寶生麗子與若宮愛里刑警直接去找這三名嫌犯。

順帶一提，風祭警部將乏味的調查工作交給部下們，似乎是抱持「我決定只享受最後的甜頭」這個美妙的想法——不過真的能如他所願嗎？而且「最後的甜頭」是什麼東西？

無視於納悶的麗子，若宮刑警充滿活力露出滿心期待的表情。這次她可以和平常就崇拜不已，美麗聰明又溫柔的前輩搭檔出動，所以打從心底感到高興——麗子擅自這麼解釋。雖然不知道實際原因，不過肯定是這樣沒錯！

麗子帶著後輩刑警，前往第一名嫌犯的住處。

姓名是栗山厚史。七橋大學電影研究社的大三學生。比遇害的塚本祐樹大一屆的學長。住在距離「吳竹莊」約五百公尺的公寓。

按下住家門鈴，玄關大門很快就打開，探頭的男性體格福泰，令人覺得確實有充分的資格成為嫌犯。麗子一看見他就迅速向後輩刑警使眼神。『他很胖吧？』『是的，我完全同意！』兩人以視線進行這段如果說出來會很沒禮貌的對話。不過當事人愣住不動。

哎，這也難免。兩名不同類型的美女突然出現在邋遢男學生的住處，會嚇到也是當然的——麗子充滿自信這麼認為，緩緩出示警察手冊。「我是國立警署刑事課的寶生。」

「咦，妳是刑警小姐？」栗山厚史睜大雙眼看著麗子，然後以粗粗的手指指向旁邊所站的另一人。「唔，那麼這邊的妹子是誰？」

「這邊的妹子」立刻氣到滿臉通紅。「沒……沒禮貌！」她也主動出示警察手冊大喊。「我……我是同屬刑事課的若宮愛里！」

「喔，這樣啊，愛里是吧。」栗山厚史做出莫名瞧不起她的反應，似乎認為應該和戴著知性眼鏡的女刑警打交道，筆直看向麗子。「所以刑警小姐，想問我什麼事嗎？反正是塚本祐樹被殺的那件事吧？」

「是的，你猜得沒錯。你和塚本先生是同一個社團的學長學弟關係吧？」

「嗯，沒錯。就只是這種關係。」栗山冷漠回應。

不過從至今的調查就知道，實際上並非「只是這種關係」。

栗山暗戀一名女性。是名為水澤優佳的同社團學生。不過這名女性最近開始和另一名男性交往，交往對象不是別人，正是塚本祐樹。也就是說栗山被小一屆的塚本學弟搶走心上人。不，水澤優佳不是栗山的女友，所以正確來說沒有被搶走，不過栗山本人認為是橫刀奪愛，也就是反目成仇。不過在這個世界上，因為反目成仇而行凶的殺人犯不在少數。

麗子詢問這方面的事。「嗯，我確實因為水澤小姐的事情憎恨塚本，憎恨到想殺了他。」栗山率直承認自己懷抱殺機。若宮刑警瞬間「唔」了一聲，擺出不太可靠的架勢備戰。不過栗山隨即果斷搖頭。「但是我沒殺。我不可能殺他。因為就算殺了塚本，水澤小姐也不一定會和我交往。不，她不想和我這種人交往的可能性反而高得多——刑警小姐，妳說對吧？」

「哎，我想也是吧……」

「我想，應該是這樣沒錯……」

「這時候請否定一下啦！真是氣死我了！」栗山漲紅臉跺腳。

——呃，是你自己這麼說的，為什麼要生氣？不然我該怎麼回答？

麗子完全不知道正確答案。但是無論如何，既然他的個性直率又易怒，動機的正當性或許不是問題。冒出這個感想的麗子，向他提出最重要的問題。「案發當晚，你在哪裡做什麼？」

「案發當晚，我一直獨自待在這個房間，所以沒有不在場證明。不過晚上八點多有快遞員送包裹過來。記得是八點十分左右。所以至少可以證明我在這個時間待在這個家吧。不過前提是那個快遞員記得我的長相與到貨時間。」

栗山厚史就這麼將自己籠統的不在場證明說明完畢。

麗子她們接下來前往的地點，是從栗山厚史住處走一段路就抵達的另一棟公寓。住在公寓一樓某戶，名為梶智也的男性就是第二名嫌犯。他也加入七橋大學的電影研究社，不過和被害者一樣是二年級。

麗子站在門前按下門鈴，開門現身的是體格福泰的男性。還以為剛才道別的栗山厚史又出現了，這兩人給麗子的印象酷似到令她看錯。

麗子沒將驚訝寫在臉上，平淡進行自我介紹。「我是國立警署的寶生。」

梶智也隨即做出和剛才那名大三學生差不多的反應。

「咦，妳是刑警小姐？看不出來耶——那麼，這邊的妹子是誰？」

「這邊的妹子」再度火冒三丈。「真是的！」她高舉警察手冊。「我是若宮愛里，一樣是刑事課的人！」

「啊啊，妳也是刑警？恕我失禮……」梶只在口頭上道歉，視線立刻移回麗子，然後疑惑詢問。「所以是關於塚本祐樹被殺的那件事嗎？咦，我該不會被懷疑犯案吧……？」

「不，沒這回事。」麗子露出滿分的親切笑容。「這是正常的調查程序。」她嘴裡這麼說，雙眼卻注視梶的大肚子。
梶智也對塚本祐樹懷抱殺機的原因，和剛才的栗山厚史一樣。麗子問到這件事，他立刻激動到漲紅臉頰，一口氣這麼說。
「我……我確實喜歡水澤優佳小姐。不過就算這麼說，我也不可能殺塚本。因為就算殺了塚本，水澤小姐也不一定會和我這種人交往。她不肯交往的可能性反而高得多——刑警小姐，妳說對吧？」
聽他這麼問的瞬間，兩名刑警之間出現緊張氣氛。
「呃，不不不，應該沒這回事吧……」
「就是說啊，說不定她會答應交往……」
「刑警小姐，不要安慰我！我好歹知道自己不受異性歡迎！」
——真是的，是你誘導我們安慰你吧！別問這麼難的問題啦！
在內心哀號的麗子，還是不知道這個問題的正確答案。這樣下去很麻煩，所以麗子立刻問他最重要的問題。「梶先生，你案發當晚在哪裡做什麼？」
「案發當晚，我一直獨自待在這個房間——咦，有沒有快遞員找我？不，完全沒人來。啊，不過這麼說來，案發當晚我只外出了一下。我去看公寓信箱有沒有我的信。這棟公寓把各住戶的信箱集中在樓梯下方。我在那裡巧遇其他住戶。是住在二樓邊間的女生。我們偶爾會遇見，所以她肯定也記得我，兩位向她確認就知道了。」

「原來如此。順便請問一下，你大約在幾點遇見那名女性？」

梶智也思索片刻之後，回答麗子的問題。

「七點的益智節目剛播完，所以是晚上八點的五分鐘前吧。」

第三名嫌犯是名為松田博幸的三十多歲男性。和妻子住在一起，任職於東京某間電影製作公司的上班族。住家位於七橋大學徒步不遠處的住宅區，距離「吳竹莊」也不算遠，是看起來洋溢幸福感的時尚獨棟住宅。

看見來到玄關門口造訪的麗子等人，松田博幸露出驚訝表情，如同橡果的眼睛睜得更圓。「咦，妳是國立警署的刑警？我對刑警的印象是強悍男性，唔～～真令我意外——所以這邊的這位也是刑警？」

「真是的，別看我這樣，我也是刑警啦！」若宮刑警說著，將警察手冊伸到他眼前。這一瞬間，奇妙的寂靜籠罩在玄關門前。「…………」

「…………」松田不明就裡眨了眨眼睛。「呃……嗯，我想也是。我剛才不就這麼說了嗎……？」

「不好意思，剛才是我貿然下定論。對不起。」若宮刑警說完迅速收回警察手冊，然後九十度鞠躬道歉。「真的很對不起～～！」

目擊這幅脫線的光景，麗子忍不住苦笑。總之刑警們獲准進入客廳，受邀坐在飯廳的椅子。松田親自泡茶招待她們。「不好意思，只能準備這種東西。內人還沒回家。她平常就比我晚回來……」

看來雙薪家庭的妻子不在家。這樣反而方便辦案。麗子重新觀察眼前男性。身穿短袖居家服的他挺著大肚子，基本上形容為「胖胖的男性」也不為過。麗子立刻發問。

「你認識塚本祐樹先生吧？」

「嗯，當然。」坐在正對面的松田心平氣和點頭，然後這麼說。「我知道。因為我妹妹是被他害死的。」

松田說得簡單明瞭，實際情形卻更加複雜。他確實有個年紀小很多的妹妹。名為松田美波的這名女性，大約在去年這個時候去世。是被車子撞死的。當時的松田美波是就讀七橋大學的女大學生，她的死以車禍意外結案。不過這真的是單純的意外嗎？至今依然留下疑問。原因在於出事的數天前，松田美波被當時交往的男性單方面告知分手，精神上明顯陷入低潮。那麼她的死或許是傷心至極的自殺——這份質疑沉澱在周邊人們的心底。哥哥松田博幸當然也抱持相同的疑問，而且當時狠心甩掉他妹妹的交往對象不是別人，正是塚本祐樹。失去心愛妹妹的松田博幸，即使對塚本抱持殺機也不奇怪。這就是他列入嫌犯名單的原因。

「聽說塚本那個男的被殺了，所以兩位刑警來找我問話。哎，這也難免。不過啊，我不會笨到主動為妹妹報仇。那個男的死掉是報應，我什麼都沒做。」

松田斷然否認嫌疑，麗子直接發問。

「案發當晚，你在哪裡做什麼？」

松田隨即露出為難表情。他默默雙手抱胸，搖晃胖胖的腦袋。

「那天我大約晚上七點走出新宿的公司。從新宿車站搭乘中央線，快八點的時候抵達國立車站，然後走路回家。不過無論如何，沒有任何人能為我當晚的行動作證……啊啊，不過刑警小姐，請等我一下。」

松田突然像是想到什麼般起身，暫時從麗子她們面前離開。他從客廳回來的時候，手上拿著一張收據。

「那天晚上，我從國立車站回家的途中去了便利商店。我只是去買晚報，不到一分鐘就走出店門口，不過看來當時是八點五分——妳看，收據上面印著時間吧？」

麗子與若宮刑警一起探頭看向他出示的收據，確認上面的日期與時間。肯定沒錯，這是案發當晚八點五分結帳的收據。

「可是……」若宮刑警說出單純的疑問。「這張收據，沒辦法證明松田先生在案發當晚的八點五分去過便利商店。因為可能是別人給的，或是撿到的……」

「當然，妳說得對。」松田很乾脆地承認這個可能性。「不過……」他繼續說。

「便利商店有防盜監視器，肯定有拍到我。刑警小姐，請去確認吧——不過即使我有晚上八點五分的不在場證明，依然沒有前後時段的不在場證明。」

松田博幸自嘲般低語，但他說錯了。晚上八點左右的這個時段，在這次的案件具備重大意義。或許這樣就可以證明松田的清白。

「這張收據，暫時由我們保管。」麗子說完，從他手中慎重接過收據。

6

寶生麗子與若宮愛里刑警找三名嫌犯問完話之後，分頭確認他們的不在場證明。確認完畢之後，將所有調查結果回報給風祭警部。

警部在刑警室的辦公桌後面聽完部下們的報告。「嗯，辛苦了。」他裝模作樣點點頭，然後立刻起身，走向和他身上西裝同色的白板，慢慢拿起黑筆。

喀喀喀，啾啾啾──黑色筆尖發出刺耳的聲音，在白板上遊走。警部放下筆的時候，白板上寫著這幾行字。

①栗山厚史：晚上八點十分左右，在自家公寓玄關遇見快遞員。
②梶智也：晚上七點五十五分左右，在自家公寓信箱區遇見女性住戶。
③松田博幸：晚上八點五分在便利商店買晚報。

「啊啊……一直被人瞧不起又向人低頭的結果，只寫成短短三行……」

若宮刑警一看見白板上的文字，就忍不住唉聲嘆氣。

——愛里，要忍耐，這是我們部下的職責！

在內心低語的麗子也覺得心情複雜。看來這就是警部所說「只享受甜頭」這句話的真正意思。

反觀警部沒察覺周圍洋溢的險惡氣氛，重新面向她們。

「嫌犯們的不在場證明，整理之後就是這三行。三人的證詞在調查之後確認屬實。他們說的確實是真的，不過三名嫌犯雖然都有單一時間的不在場證明，卻沒有該時間前後的不在場證明。兩位，我說得沒錯吧？」

麗子與若宮刑警只能一起點頭。下一瞬間，警部一掌拍向白板。「寶生，還有若宮，妳們看這個！」

「嗯，我正在看……」

「是，我有在看……」

兩人的聲音微妙重合。面對這兩名部下，警部說「真是的……」誇張搖頭，並且在下一瞬間說出令麗子懷疑聽錯的話語。「不要只是看，要好好思考。綜觀這些事實，凶手是誰不是已經顯而易見了嗎——哎呀哎呀，難道妳們的眼睛是裝飾品？」

風祭警部居然說出「裝飾品」三個字。服侍麗子的毒舌管家曾經向她說出類似的話。麗子腦中的記憶立刻被喚醒。當時的屈辱鮮明復甦，怒火在她胸口點燃的這個時候——

「您……您說什麼！誰的眼睛是裝飾品啊！即使是警部，有些話還是不能說的！警部，請道歉！總之請道歉！向寶生前輩道歉！」

瞪大眼睛抗議的不是麗子，是若宮刑警。而且無法想像平常的她會像現在這樣咄咄逼人。看到部下大發脾氣，即使是風祭警部也終究狂冒冷汗。

「好了好了好了，若宮，妳冷靜一點……」

「好了好了好了，愛里，冷靜下來吧……」

上司與前輩從兩側拚命安撫，好不容易平息菜鳥刑警的怒火。終於回復冷靜的若宮刑警，大概是對自己的言行深感後悔，向上司深深鞠躬。「警部，恕我失禮了。即使只有一瞬間，但我忘記自己的身分，做出部下不該有的舉動……」

「呃，不，沒關係了，若宮。我確實也說得太過分。不，可是……」

警部忽然將臉湊到麗子耳邊，打從心底詫異詢問。「喂，寶生，到頭來她是在氣什麼？」

「這個嘛，她是在氣什麼呢……」

忍不住苦笑的麗子，終於將話鋒轉回這次的案件。「所以警部，您說『凶手是誰已經顯而易見』，到底是什麼意思？」

「沒什麼，就是字面上的意思。妳們查到的嫌犯不在場證明，以及在路邊吸菸的那名男性。綜合他們的證詞來思考，自然就知道誰是凶手。聽好了──」

接著風祭警部開始說明。

「住在『吳竹莊』二〇二號房的北原理奈說，塚本祐樹回到二〇五號房的時間，是案發當晚的八點整。另一方面，在路邊吸菸的男性岡部浩輔說明目擊的情況時，完全沒提到塚本。他抽完兩根菸的這段時間，只看見胖胖的男性進入『吳竹莊』，沒多久之後就奪門而出的身影。那麼，這到底是什麼時候發生的事──寶生，妳知道嗎？」

「唔，岡部自己說過，這是晚上八點左右的事。」

「沒錯，他確實這麼說。不過只要按照邏輯思考，肯定能把時間精算得更準確。聽好了，如果岡部八點前就在門邊吸菸，肯定會清楚看見塚本回家的身影。但是他沒看見塚本，只看見胖胖的凶手。那麼──若宮，這代表什麼意思？」

「也就是說，岡部在門邊開始吸菸的時間，是在八點之……」

「沒錯，是在八點之後！」警部沒聽完菜鳥刑警的答案，就大聲說出結論。「首先，塚本祐樹在晚上八點回到公寓。緊接著，岡部浩輔來到門邊開始吸菸，所以岡部沒看見塚本。只能這麼認定。他吸完一根菸的時候，凶手男性出現了。那麼這是幾點幾分的事──寶生，妳知道嗎？」

「嗯，吸完一根菸的時間是五分鐘，所以是……」

「所以是八點五分之後的事，肯定沒錯！」警部再度打斷部下的發言，說出自己相信的正確答案，在錯愕的部下們面前再度發問。「那麼，凶手男性奪門而出的時間是幾點幾分——妳們肯定已經知道了吧？」

「…………」我們知道。

「…………」但是我們不說。

麗子與若宮刑警默默表示抗議。警部在她們面前得意洋洋地大聲說明。

「喂喂喂，這不是很簡單嗎？就是岡部吸完第二根菸的時候，也就是又經過五分鐘的時候。所以這是晚上八點十分之後發生的事。」

「原來如此，確實……」麗子不情不願點點頭。

「應該是這樣沒錯……」若宮刑警也點了點頭。

「很好。」警部不知道部下們的心情，掛著滿面笑容說下去。「那麼，就以我的完美推理比對嫌犯們的不在場證明吧——首先是①號參賽者栗山厚史。」

「他們並沒有報名參賽吧……」

「總覺得好像是在選秀……」

「妳們別計較這種小事。聽好了，首先是栗山厚史。他是凶手嗎？不是。晚上八點十分之後從『吳竹莊』奪門而出的凶手，不可能幾乎在同一時間，在距離五百公尺遠的公寓玄關簽收快遞包裹。因此栗山厚史不是凶手——那麼再來是③號參賽者松田博幸。」

「唔，突然跳到③號……？」

「不是②號的梶智也……？」

聽到麗子等人理所當然的疑問，警部嫌煩般搖了搖手。

「別管了，照這個順序就好。③號參賽者松田博幸。他是凶手嗎？也不是。晚上八點五分之後進入『吳竹莊』的凶手，不可能在同一時間去另一間便利商店買東西。松田博幸不是凶手——」

「啊，所以凶手是……」後輩刑警不小心差點說出這個名字。麗子連忙摀住她的嘴。若宮刑警立刻發出「嗚咕！」的痛苦呻吟。麗子在心中拚命阻止。

——愛里，不可以！千萬不可以說出這個名字！

無視於部下們的慌亂舉動，警部的推理終於進入最終局面。

「再來是②號參賽者梶智也。他是凶手嗎？當然不是……可惜我不能這麼說。他在晚上八點的五分鐘前，在自家公寓信箱區遇見住在同一棟公寓的女性，這應該是真的。不過他家距離被害者居住的『吳竹莊』沒有很遠。即使梶智也晚上七點五十五分在信箱區，也可以隨後離開公寓，輕鬆在晚上八點五分後抵達『吳竹莊』。如果使用腳踏車之類的代步工具，移動時間應該可以更短。是的，這三名嫌犯之中，只有梶智也可能是凶手。岡部浩輔目擊的胖男性是梶智也──寶生、若宮，我的推理怎麼樣？」

麗子聽到這裡，終於從後輩的嘴巴鬆手。

「原來如此，確實如警部所說吧……」

一旁的若宮刑警滿臉通紅，「噗哈～～」地大口痛苦喘氣。

7

「影山，我問你──一根菸從點燃到吸光，你知道大約要幾分鐘嗎？」

這天晚餐進入尾聲時，寶生麗子問了這個問題。她正在將主餐的香草烤鴨排送入口中。場所是寶生邸的寬敞餐廳。像是保齡球球道加裝桌腳的超長餐桌，只有下班的寶生麗子獨自就座。從白天不起眼的褲裝搖身一變，換上資產家千金風格的粉紅連身裙享受今天的晚餐。接連上桌的料理包括羔羊凍派、松葉蟹濃湯、香煎龍蝦以及主菜的鴨排──對於麗子來說，這是很普通的菜色。

提供這些料理的工作，當然是管家影山以熟練的動作負責。

對於影山來說，麗子這個問題似乎出乎他的意料。

影山頓時露出詫異表情。「嗯？吸一根菸……嗎？」他輕聲說完思考片刻，然後深深鞠躬。「大小姐，非常抱歉，屬下沒想到您有朝一日會問這種問題，因此無法立刻回答——啊啊，不過方便給屬下一點時間嗎？屬下現在就去向老爺討根菸實驗一下，請稍待——」

「用不著這麼做沒關係啦！」影山立刻準備衝出餐廳，麗子連忙叫住這個西裝身影。「為什麼要去討菸啦……不用做實驗就知道，吸完一根菸大約四分鐘。如果是吸到快要燒到濾嘴，拿菸的手指差點燙傷的話，大概是五分鐘。」

「大小姐，請不要用這麼蠢的方式吸菸……」

「沒有啦！我怎麼可能這樣吸菸？而且說起來，我根本不吸菸。用這種蠢方式吸菸的是目擊凶手的男性。」

「啊啊，您是說那椿大學生命案吧。所以這個案件差不多走進死巷，或者是陷入瓶頸了嗎？」

影山壞心眼地這麼問，表情似乎有所期待。這也是當然的，影山雖然只是服侍寶生家的區區管家，不過在解開錯綜複雜的謎團時，他的實力甚至凌駕於專業調查員。麗子以前也靠著他的推理能力成功偵破許多案件（結果這些功勞全歸風祭警部所有）。影山這麼渴求難解的案件算是名偵探的本性。不過麗子搖了搖頭。

「不，沒事的。這次的案件沒陷入瓶頸。」

「哎呀，大小姐，看來您很有自信？」

「嗯，那當然。別說陷入瓶頸，甚至等於已經破案了。嫌犯只有三人，其中兩人的不在場證明成立。那麼唯一沒有不在場證明的人就是真凶。肯定是這樣沒錯……」

「肯定是這樣……沒錯嗎？」

「嗯，肯定是這樣……」

不同於字面的意思，麗子的語氣透露她沒有自信。影山像是看穿這一點，以恭敬的語氣詢問。「順便請教一下，這話是哪一位說的？『唯一沒有不在場證明的人就是真凶』這句話，到底是誰說的？」

「就……就是……風……風祭警部啦！」說來神奇，麗子一說出這個名字，至今壓抑在內心的不安就爆發出來。她將手上的刀叉暫時放在餐盤，雙手抱頭。「啊啊，我覺得果然有哪裡不對勁。雖然這麼說很失禮，不過風祭警部的推理還算合理，連我都只能點頭同意。可是警部的推理真的猜中真凶嗎？──影山，你覺得如何？」

「這個嘛，就算大小姐問屬下覺得如何，屬下也完全不知道警部是怎麼推理的……」

「對喔，說得也是。我知道了。」麗子斷然點頭，然後重新拿起叉子插入盤子上的鴨肉。「那麼等我解決這一道，我就把案件全部說給你聽。」

「麻煩大小姐了──順帶一提，今晚的甜點準備了草莓冰沙……」

影山的話語如同誘惑般甜蜜悅耳。麗子毫不猶豫收回前言。

「那麼，等我也解決那一道！」

麗子繼主菜之後也將甜點「解決」得一乾二淨，隨即移動到客廳。她坐在沙發上，單手拿著香檳杯，按照約定將案件詳細說明給管家聽。

被害者塚本祐樹的遺體狀況；二〇二號房北原理奈的證詞；在路邊吸菸的岡部浩輔目擊的光景；更重要的是三名嫌犯的不在場證明。

影山身為稱職的管家陪侍在麗子身旁，不時為她的玻璃杯倒入「黑桃A」頂級香檳，並且聆聽她的說明。

最後，麗子轉述風祭警部展露的推理內容，將整個案件說明完畢。她以杯中香檳滋潤疲累的喉嚨，然後立刻詢問身旁的管家。

「影山，你覺得如何？風祭警部的推理正確嗎？凶手確定是梶智也嗎？我真的放不下心……」

「嗯，老實說，大小姐的擔心只是多慮吧？風祭警部完全符合邏輯，聽起來沒有特別需要挑剔的部分。」

「是……是嗎？」

「是的。恐怕是大小姐長期擔任風祭警部的部下備受折磨，才會過度懷疑警部的言行與想法吧——哎，簡單來說就是神經衰弱的一種。呵呵。」

「笑什麼笑啊！你說誰神經衰弱？」不過，或許不能說沒有這種傾向吧——麗子在心中低語，又喝了一口香檳，然後再度詢問管家。「那麼影山，你的見解和警部一樣？凶手確定是梶智也吧？」

「這個嘛，是否能拍胸脯保證確定沒錯，老實說屬下也難以判斷。畢竟大小姐剛才的說明，應該也不是案件的全貌——」

「哎呀，沒那回事喔。我應該把整個案件說得鉅細靡遺，肯定沒有漏說任何細節。」

「是嗎？那麼容屬下請問一下，那通電話查得怎麼樣了？查出那通電話的通話對象了嗎？」

「啊？電話？」麗子歪頭納悶，但她立刻想起來了。「啊啊，塚本祐樹回家之前打電話交談的對象是吧？他的身分早就查出來了，是和被害者同樣加入七橋大學電影研究社的男大學生，叫做山川純平。案發當晚，塚本是在八點前打電話給他。當時塚本打工下班，剛下公車要走回自家公寓的時候打電話給山川。」

「順便請教一下，兩人交談的是什麼事？」

「好像是打電話邀他和朋友們找一天出遊消暑。對了對了，我剛才說過吧？塚本的背包裡面有一本手冊。上面寫的20、21、22……這些數字，是用來決定出遊日期的筆記。此外，二〇二號房的北原理奈隔著玄關大門聽到『我已經到家門口了』、

『再和你聯絡』這幾句話，肯定也是塚本結束通話之前對山川說的。」

「原來如此，這樣啊。」

「嗯，沒什麼特別的問題吧？山川的說明、塚本手冊寫的內容以及北原理奈的證詞全部一致，沒有任何矛盾。但也因為這樣，我不覺得這些情報有用。」

「不，大小姐。」影山立刻搖頭。「雖然聽起來像是頂嘴，不過依照屬下的見解，山川青年的說明正是本次事件的最大提示，是解開謎題的關鍵。明明取得這麼重要的證詞，居然扔到一旁不屑一顧……」

「是嗎？有這麼重要？」

麗子毫無頭緒。影山見狀無可奈何般搖了搖頭，然後將臉湊到麗子耳邊，以管家的恭敬語氣開口。

「恕屬下失禮，看來大小姐因為夏季工作繁忙，所以腦子有點累了。建議您可以去洗把臉重新來過，您意下如何？」

8

頓時，令人聯想到深沉海底的寂靜籠罩寶生邸。下一瞬間——

「你你你……你說什麼？要……要我重新來過？」

麗子一口喝光整杯香檳，將杯子重摔般放在桌上，然後火冒三丈站起來，朝著面不改色的管家猛然逼問。

「影山，這是什麼意思！居然叫本小姐洗把臉重新來過？」

「會很清爽喔。尤其是現在這種夏天。」

「已經很清爽了啦！」麗子指著自己的臉，像是在炫耀晶瑩透亮充滿光澤的肌膚。「不需要你提醒，我至少每天早晚都會洗臉！」

「這只是為了美容的洗臉吧？屬下說的『洗臉』是用來強調下一句『重新來過』的慣用語。」

「我知道啦！所以我不就這麼問了嗎？天底下有哪個管家會命令大小姐『重新來過』？」

「不，屬下沒有對大小姐下令。只是委婉建議您『可以去洗把臉重新來過，您意下如何』這樣……」

「還不是一樣！再怎麼委婉客氣還不是很沒禮貌！」

麗子臉色大變引爆怒火，不過影山以冷靜的表情與聲音回應。

「別氣別氣，大小姐，請您冷靜。」

影山說完以洗練的動作拿起金色酒瓶，朝桌上的空玻璃杯倒入新的香檳，向麗子勸酒。

「…………」

總覺得被打了馬虎眼，不過現在確實不是責備管家出言不遜的時候。

麗子再度坐回沙發上，拿起玻璃杯，回頭討論案件。

「山川純平的說明這麼重要嗎？他確實是被害者死前交談的最後一人，所以他的證詞令人好奇，不過這又如何？命案是在山川和塚本通完電話之後發生的，那麼兩人的對話內容肯定和案件沒有關係吧？」

「可是大小姐，關係可大了。」影山如此斷言，然後朝麗子豎起一根手指。「那麼，屬下請教一個問題——大小姐，您可以想像塚本青年回家的時候，是以何種模樣走在夜路嗎？」

「何種模樣……？我想想，上半身是白色T恤加黑色長袖連帽上衣，下半身是深藍色的丹寧長褲。褐色背包背在身後，手機抵在耳朵……」

「大錯特錯，大小姐。如果是這副模樣，塚本青年沒辦法在手冊寫筆記，因為他單手拿著手機。」

「唔，確實……」麗子頓時慌了一下，立刻重整態勢反駁。「既然這樣，那段筆記可能是他回家才寫的。」

「不，恐怕也不是這樣。因為依照大小姐的說明，手冊的筆記寫著20、21、22，接下來的23這個數字以斜線胡亂劃掉。必須是山川青年說出日期，塚本青年一邊聽一邊寫筆記才會寫成這樣。山川青年大概是說完23這個數字之後，改口說『23果然不行……』之類的。塚本青年聽完之後，以斜線劃掉剛才寫的23。一邊講電話一邊寫筆記的時候經常發生這種事。但如果是回到自家才寫筆記，就不會寫成這樣。」

「唔～～聽你這麼說就覺得沒錯。」

「這時候就產生一個問題了。塚本青年使用手機交談的同時，要怎麼打開手冊拿筆寫筆記？以大小姐想像的模樣，幾乎不可能做得到。就算這麼說，要把手機當成話筒夾在肩膀與臉頰之間再寫筆記也很困難。那麼他是暫時在人行道停下腳步，用郵筒之類的東西代替桌子書寫嗎？不過既然單手拿著手機，光是打開手冊就沒有餘力了，應該很難以工整字跡寫下數字。所以只能得出一個結論——」

「我懂了。」麗子微微點頭，說出結論。「塚本不是將手機抵在耳邊交談，是使用手機的免持聽筒功能。」

「不愧是大小姐，果然明察秋毫。」

影山肉麻稱讚麗子。麗子愉快地說下去。

「確實，既然要一邊走一邊講手機，免持聽筒反而比較自然吧。塚本用耳機聽山川說話，以手機線附屬的麥克風回話，這樣就可以輕鬆打開手冊寫筆記——不過影山，這怎麼了嗎？就算被害者回家途中用手機的免持聽筒功能講電話或是做其他事，依然和之後發生的案件無關吧？」

「哎呀，大小姐，您還沒察覺嗎？『免持聽筒』就是『兩手空空』喔。」

「這種事，我當然知道——唔，你說『兩手空空』？」這麼說來，在這次辦案的時候，好像有人說過這四個字。到底是誰……？

麗子連忙搜尋記憶，影山無視於她，單方面繼續說明。

「話說回來，大小姐。走在夜路的塚本青年使用手機的免持聽筒功能，以自由的雙手寫筆記。我們在這麼思考的時候，是不是又會冒出一個疑問？」

「不，沒有。完全沒有。」

「沒有嗎？沒冒出疑問嗎……」垂頭喪氣的影山自行說出這個疑問。「塚本青年的手冊收在背包內袋。他到底為什麼要把手冊收在那種地方？」

「我聽不懂你在說什麼。背包內袋本來就是用來放手冊或筆記本的地方吧？手冊放在那裡有什麼好奇怪的？」

「與其說奇怪，應該說不自然。剛寫完筆記的手冊，只要塞進連帽上衣或是褲子的口袋就好。如果要刻意收進背上的背包，不覺得很麻煩嗎？」

「這……」

「從背包取出手冊的時候，當然也會大費周章才對……」

「這就不能斷言吧？說不定手冊原本就放在衣服口袋。」

「既然這樣，寫完的手冊更應該收回原本的衣服口袋才對。但是實際上，手冊收在背包裡。這是為什麼呢？」

「這個嘛，我不知道……」

「重點在於塚本青年一下公車就打電話給山川青年。傍晚之後的公車，會有很多下班的白領族搭乘，車上肯定相當擁擠……」

「嗯，實際上塚本好像就在電話裡抱怨過這件事。」

「那麼，屬下想請問一下，假設大小姐帶著大背包要搭乘下班尖峰時間的公車，大小姐會怎麼處理這個礙事的背包？」

「還能怎麼處理……礙事的背包就讓你拿啊，這是當然的吧？」

「…………」影山沉默下來，在下一瞬間輕聲嘆氣。「原來如此，大小姐遇到這個狀況，確實肯定會這麼做沒錯——可是大小姐！」

影山難得加重語氣，冰涼的視線投向沙發上的麗子。

「塚本青年沒有幫忙提重物的方便隨從。這樣的他要怎麼拿自己的背包？這才是屬下想問您的問題！」

「知……知道了，我知道了啦，表情不要這麼嚇人好嗎？真是的……」麗子連忙在沙發上挺直背脊，說出腦海浮現的答案。「對了對了，在擁擠的電車或公車上，背包要挪到身體前方抱著。記得這是平民的禮儀吧？」

「大小姐，有錢人的禮儀也一樣！」影山糾正麗子的說法，繼續說明。「是的，塚本青年在公車上肯定將背包抱在身體前方，等到下車之後，應該還是維持這副模樣吧。他以這種狀態打電話給山川青年。」

「免持聽筒模式是吧。既然是這副模樣，確實可以輕易從背包內袋拿出或是放入手冊，手機本身也可以放在背包裡……原來如此。」

聽完影山的推理，麗子覺得大開眼界。當初麗子在腦海想像的被害者，是背著褐色背包，單手拿著手機在夜路行走。不過在影山指摘之後，現在麗子腦海描繪的被害者模樣不得不大幅修正。塚本祐樹將大大的背包抱在身體前方，使用手機的免持聽筒功能，兩手空空在夜路行走——嗯？

「將大大的背包抱在身體前方，而且兩手空空……塚本是以這副模樣走到自家公寓吧？而且維持這副模樣進門。也就是說……」

「是的。這個身影在一無所知的目擊者眼中，是一名肚子胖胖的男性兩手空空進門——肯定是這樣的光景。」

「咦……咦？也就是說……不會吧？」麗子忍不住從沙發起身，詢問影山。「岡部浩輔目擊的『胖胖的男性』，其實是塚本祐樹？」

「大小姐，您說得沒錯。」影山恭敬鞠躬，以抱持確信的語氣斷言。「這不是凶手的身影，是被害者的身影。」

9

影山說明的意外推理，使得麗子暫時愣住。進門的不是入侵公寓的凶手，是返家的被害者。

「可是影山，等一下。」麗子回復冷靜之後，再度坐回沙發，然後朝管家豎起兩根手指。「我有兩個問題——第一個問題，二〇二號房北原理奈的證詞，那是怎麼回事？她清楚說明自己看見塚本『背著背包的背影』進入二〇五號房。那是謊言嗎？」

「不，北原理奈小姐並不是懷抱惡意作偽證。塚本青年恐怕是在打開玄關大門進入二〇五號房的下一秒轉身，面對大門慢慢關門吧。如果是這個姿勢，他抱在身體前方的背包，別人肯定能從走廊清楚看見。而且實際上，北原小姐在即將關閉的門後看見褐色背包——是的，她只看見背包。其實肯定完全沒看見塚本青年的背。不過北原小姐的腦中——以及我們的腦中——主觀認定『背包是背在身後的東西』，因此她被問到這幅光景的時候，說出『看見背著背包的背影』這個錯誤的證詞，而且大小姐等人也不對這段證詞抱持任何疑問。」

「原來如此。哎，或許是這麼回事吧——那麼，第二個問題。」

麗子以平淡語氣問。「或許正如你的推理，進門的男性是塚本祐樹。就算這樣，後來從門後逃出來的人，確定是『胖胖的男性』沒錯吧？因為岡部浩輔差點被這個人踢到，也就是在很近的距離看見對方。」

「大小姐，您說得沒錯。進入門後的是塚本青年，不過從門後出來的千真萬確是『胖胖的男性』，這個人正是凶手吧。」

「說得也是，確實是這樣沒錯……咦？」麗子遭遇更深入的問題，忍不住歪過腦袋。「所以是怎麼回事？那個胖胖的凶手，是在什麼時候入侵公寓的？岡部浩輔看見塚本進入公寓，卻沒看見其他人。也就是說，胖胖的凶手進入公寓的時間，比岡部在門前吸菸的時間還早？」

「當然是這麼回事。或許是塚本青年返家的十分鐘前，也可能是一小時前。正確時間只有凶手知道。」

「無論如何，風祭警部的推理錯到離譜了。警部認為塚本祐樹回到二〇五號房之後，岡部浩輔在門前吸菸，接著胖胖的凶手出現。他是以這個順序推理。不過實際上完全相反吧？」

「正是如此，大小姐。首先進入『吳竹莊』的是胖胖的凶手。他上樓之後，大概使用備用鑰匙之類的工具，成功入侵無人的二〇五號房。入侵的目的不得而知，可能是一開始就埋伏等待被害者回家之後下毒手，或者是為了偷竊之類的其他目的。無論如何，胖胖的凶手入侵之後，岡部浩輔來到門前開始吸菸。塚本青年返家是在這之後的事。」

「然後塚本回家之後，命案終於發生了。」

「是的。已經位於室內的凶手，以鈍器毆打返家的塚本將其殺害，搶走被害者的錢包與手機，連同凶器裝進塑膠袋，然後凶手拿著塑膠袋衝出公寓。那麼，這些事情到底發生在什麼時候？以岡部浩輔抽的兩根菸當成時鐘，可以大致推算出這個時間。塚本青年在晚上八點整抵達家門口，那麼他穿過公寓外門的時間，屬下認為應該差不多吧……」

「嗯，就當成塚本是在晚上八點整穿過外門吧——所以呢？」

「晚上八點整的這個時間，岡部浩輔抽完第一根菸，立刻點燃第二根菸。那麼岡部開始抽第一根菸的時間，推測是晚上八點的五分鐘前，也就是七點五十五分左右。另一方面，凶手奪門而出的時候，岡部剛吸完第二根菸，所以應該是八點五分左右——大小姐，這樣沒錯吧？」

「嗯，看來果然是風祭警部的推理錯誤。」

影山推算的時間，整體來說比警部推算的時間早。不過也只有短短五分鐘的誤差。這段短短的時間誤差，究竟能為推理帶來多麼不同的結果？面對屏息注視的麗子，影山繼續說明自己的推理。

「那麼就根據這些時間，重新驗證三名嫌犯的不在場證明吧。首先從②號參賽者梶智也開始……」

「唔，不是從①號的栗山厚史啊。不過，我就好心不問你原因吧。所以梶智也的不在場證明怎麼樣？可以成立嗎？」

「是的。晚上七點五十五分，梶智也在自己公寓的信箱區遇見住在同公寓的女性。另一方面，兇手在七點五十五分之前，肯定已經潛入『吳竹莊』的二〇五號房，那麼這名兇手不可能是梶智也。所以他是清白的。」

「這樣啊，那麼接下來該輪到①號參賽者栗山厚史了吧？」

「不，麻煩改成③號的松田博幸。」

影山如此堅持之後繼續驗證。「松田在晚上八點五分去便利商店購物，防盜監視器也拍到他的影像。另一方面，兇手正是在八點五分這個時間，被岡部浩輔目擊從『吳竹莊』奪門而出，所以不可能是松田。他果然也是清白的。」

「哎呀，是這樣嗎？那麼，兇手到底是誰呢？」

麗子掛著挖苦的笑容。影山注視她的臉蛋說下去。

「看來大小姐深信最後一人自然就是兇手而完全掉以輕心了。不過三名嫌犯的不在場證明都完美成立，調查進度歸零——這種可能性也很高喔。」

「等……等一下，這樣我會很頭痛啦！」麗子突然感到不安，上半身前傾詢問影山。「所以呢？①號參賽者栗山厚史怎麼樣？」

「栗山晚上八點十分待在自家公寓，和快遞員見面。不過『吳竹莊』距離栗山的公寓只有五百公尺左右，男性徒步大約五分鐘，用跑的可以更快抵達。也就是說，栗山如果在晚上八點五分衝出『吳竹莊』，要在八點十分之前回到自家公寓，面不改色簽收快遞包裹，可說是綽綽有餘——大小姐，請開心一下吧，調查進度沒有歸零。」

「呼，太好了。所以凶手是栗山厚史吧！」

看見麗子鬆一口氣，影山以謹慎的語氣回應。

「不，大小姐，屬下的意思是說，三名嫌犯之中只有栗山厚史是唯一沒有不在場證明的人物，如此而已。而且，雖然向大小姐說這種話像是班門弄斧，不過『沒有不在場證明的人＝凶手』這條算式當然不成立。所以如果大小姐要逮捕栗山厚史，請務必慎重行事。假設因而冤枉無辜，屬下概不負責……」

「我知道的，我不會這麼貿然行事。放心，只要仔細調查，肯定查得到他是凶手的鐵證……」

麗子懷抱確信，將杯裡剩下的香檳一飲而盡。

10

就這樣迎接星期日的到來。夜已深，人車都變少的這個時候——

在國立警署的正門玄關，寶生麗子以意氣風發的腳步走出建築物。此時一輛漆黑的車子不知道從何處出現，就像是企圖綁架高官顯要，靜悄悄地緩慢從麗子背後接近，最後靠到她行走的人行道旁邊停車。從駕駛座下車的黑衣男性恭敬行禮打開後座車門，麗子隨即喊著「啊〜〜真是的〜〜累死我了〜〜」撲進全長七公尺的加長型禮車。

車子不久之後起步。麗子立刻向開車的駕駛兼管家開口。

「影山，開心一下吧！那個案件完全偵破了。栗山厚史被逮捕了！」

「咦？」這一瞬間，隔著後照鏡看見的管家表情不安皺眉。「大小姐，您該不會將屬下的推理照單全收，硬是逼栗山就範吧？」

「沒有逼他就範啦！我怎麼可能做這種粗魯的事？我確實掌握鐵證了──影山，你想聽嗎？那我就告訴你吧！」

影山沒說「想聽」或是「請說」，但是麗子不等他回應就單方面開口。「首先說明動機的問題。栗山厚史暗戀水澤優佳。水澤和塚本祐樹開始交往之後，栗山就對塚本懷恨在心。這是他的殺人動機──影山，記得你也是這麼說的吧？」

「不，屬下並沒有……」

「只可惜你猜錯了〜〜動機不是感情上的糾紛〜〜〜！」

「…………」影山輕輕嘆口氣，像是配合亢奮的麗子般回應。「哎呀，不是感情糾紛啊。那麼真正的動機究竟是……？」

聽到影山這麼問，麗子得意洋洋繼續說明——

本次命案的意外動機，是由水澤優佳偶然揭曉的。她親自來到國立警署，戰戰兢兢向麗子他們提出這個要求。

「請問……塚本的房間有沒有兩張『多摩蘭坂46』的演唱會門票？如果有的話，其中一張是我的，可以還我嗎？雖然是這種狀況，但我不希望門票就這麼浪費……」

聽到這個要求，麗子當然不用說，若宮刑警與風祭警部也都愣住了。

依照水澤的說明，她與塚本原本預定要在下週日一起參加「立川ＰＩＴ」這個展演空間舉辦的偶像活動。

不過塚本的房間已經由許多調查員清查完畢。即使如此，卻完全沒提到演唱會門票的話題——這到底是怎麼回事？

無視於轉頭相視的兩名女性，在這時候突然大喊「我知道了～～」的人，果然是風祭警部。「門票是被凶手搶走的。不是順便，凶手的目的打從一開始就是門票。這就是凶手趁著塚本不在時入侵二〇五號房的真正原因。不過塚本剛好在這時候回家，凶手在屋內撞見塚本，結果原本只是想偷門票的凶手，情急之下打死塚本。嗯，這次肯定沒錯。」

「咦，怎麼這樣，不可能吧～～」只為了區區的演唱會門票？

麗子率直這麼想，不過若宮刑警意外支持警部的見解。

「說到『多摩蘭坂46』，記得是在多摩地區誇稱人氣破表的偶像團體。聽說成員們不經世事的生澀模樣，對於看慣最近洗練偶像的粉絲們來說，真的是忍不住就想支持喔！」

「…………」這到底是哪門子的偶像團體？哪門子的粉絲？

麗子滿頭霧水，但是不提這個——「總歸來說，她們的演唱會門票，是粉絲不惜用偷的也想得到的寶貴門票吧？」

「嗯，寶生，就是這麼回事。既然這樣，只要監視演唱會會場，搶走門票的凶手肯定會出現，而且或許就是妳推理的栗山厚史。」

「…………」不好意思，警部，那不是我的推理，是影山的推理！

「出現的可能是另外兩人，也說不定是完全無關的別人。無論如何，真相在週日的『立川PIT』就會大白——呵呵，寶生，這下子可有趣了！」

「可是警部，現在門票都會印上購票者的名字喔。被偷的門票肯定印著『塚本祐樹』這個名字。凶手會拿著這種東西大搖大擺出現在演唱會會場嗎？」

「普通的殺人凶手確實不會出現吧。不過凶手如果是『多摩蘭坂46』的忠實粉絲就很難說。他會眼睜睜看著自己手上的寶貴門票失效嗎？總之勝算不是零，值得一試──好，下週日一起去『立川PIT』守株待兔！妳們聽到了吧！」

「可是警部，您說守株待兔……？」麗子皺起眉頭。

「到底是要怎麼做啊……？」若宮刑警歪過腦袋。

此時風祭警部露出比平常更加自信的表情，握拳輕敲白色西裝的胸口。

「別擔心，寶生、若宮，我有一個好點子。妳們就巧妙喬裝成那個吧。妳們想想，演唱會會場一定會有吧？就是那個啊，那個……」

對於警部莫名其妙的這個指示，兩名女刑警就只是一起感到納悶。

「……所以大小姐，結果風祭警部說的『那個』是什麼？」

在夜間國道疾馳的加長型禮車上，駕駛座的影山摸不著頭緒般這麼問。

麗子竊笑回答。「你覺得是什麼？撕票根啦，票根。我與愛里站在會場入口扮成『撕票根小姐』！」

說來意外，這個工作挺辛苦的。門票接連遞到麗子面前，必須逐一確認印在上面的購票者姓名再撕票根，是很單純的工作。然而掠過麗子視野的盡是田中、鈴木或佐藤，想找的姓名遲遲沒出現。就在麗子的注意力差不多來到極限的這個時候，這個名字突然出現在面前──「塚本祐樹」。

遞出的這張門票，無疑印著被害者的姓名。麗子驚訝抬頭一看，站在正前方的是似曾相識的胖胖男性——

「雖然他用口罩、眼鏡、短褂與頭帶隱藏身分，但我一眼就看出來了。這個人肯定是栗山厚史。」

「呃，屬下覺得短褂與頭帶不算隱藏身分的配件就是了——所以呢？」

「我和他的視線在瞬間相對，下一瞬間，他也認出我了。他突然『啊！』大喊一聲，撞開我之後逃走。但他這時候已經是甕中鱉，立刻被許多調查員包圍。在這種狀況中，最後登場的當然是風祭警部。警部將栗山上銬的時候，擠滿會場的偶像粉絲們一陣混亂，不過即使許多人拿手機出來拍，警部看起來好像也不太抗拒，比出勝利手勢看著各個鏡頭微笑——」

「原來如此，不愧是風祭警部，真的是大顯身手——大小姐當然也是。」

「不用捧我啦，追根究柢，還不是因為有你的推理？」

麗子說完，駕駛座的管家微微搖頭。

「不，即使沒有屬下的推理，肯定也能偵破這次的案件。水澤優佳提出那個要求的時間點，恐怕就已經確定是這個結果。屬下有點太出鋒頭了，請容屬下誠心致歉。」

「沒那回事喔。如果沒有你的推理，警部或許會在更早的時間點，誤以為梶智也是凶手而逮捕，到時候國立警署肯定會顏面掃地。我很感謝你喔——影山，謝謝你。」

「…………」

這一瞬間，隔著後照鏡看見的影山臉上，是他鮮少露出的慌張表情。但他立刻回復為管家應有的冷靜表情，以指尖輕推時尚眼鏡，然後就這麼看著前方，以流利的語氣回應。

「對於屬下來說，能夠成為大小姐的助力，正是無上的光榮——」

逆思流

新 推理要在晚餐後

（原名：新 謎解きはディナーのあとで）

作者／東川篤哉　插畫／中村佑介　譯者／張鈞堯
榮譽發行人／黃鎮隆
執行長／陳君平
協理／洪琇菁　國際版權／黃令歡、梁名儀
執行編輯／呂尚燁　美術編輯／李政儀
企劃宣傳／楊玉如、洪國瑋、施語宸
發行／英屬蓋曼群島商家庭傳媒股份有限公司城邦分公司　尖端出版
台北市中山區民生東路二段一四一號十樓
電話：（〇二）二五〇〇—七六〇〇（代表號）
傳真：（〇二）二五〇〇—一九七九
中彰投以北經銷（含宜花東）／楨彥有限公司
電話：（〇二）八九一九—三三六九
傳真：（〇二）八九一四—五五二四
雲嘉經銷／威信圖書有限公司　嘉義公司
電話：（〇五）二三三—三八五二
傳真：（〇五）二三三—三八六三
南部經銷／威信圖書有限公司　高雄公司
電話：（〇七）三七三—〇〇七九
傳真：（〇七）三七三—〇〇八七
香港總經銷／城邦（香港）出版集團有限公司
香港灣仔駱克道193號東超商業中心1樓
電話：（八五二）二五〇八—六二三一
傳真：（八五二）二五七八—九三三七
E-mail：hkcite@biznetvigator.com
馬新總經銷／城邦（馬新）出版集團　Cite(M)Sdn.Bhd.
E-mail：Cite@cite.com.my
法律顧問／王子文律師　元禾法律事務所
台北市羅斯福路三段三十七號十五樓
二〇二一年五月一版一刷
二〇二二年十一月一版三刷

■中文版■

郵購注意事項： 1. 填妥劃撥單資料：帳號：50003021戶名：英屬蓋曼群島商家庭傳媒(股)公司城邦分公司。2. 通信欄內註明訂購書名與冊數。3. 劃撥金額低於500元，請加附掛號郵資50元。如劃撥日起 10～14日，仍未收到書時，請洽劃撥組。劃撥專線TEL：(03)312-4212 ・ FAX：(03)322-4621。E-mail：marketing@spp.com.tw

國家圖書館出版品預行編目資料

新.推理要在晚餐後/東川篤哉作 ; 張鈞堯譯
--初版. --臺北市：尖端出版, 2022.05
面 ; 公分.--(逆思流)
譯自: 新謎解きはディナーのあとで
ISBN 978-626-316-384-3(平裝)

861.57 110020215